高田崇史《たかだたかふみ》

江ノ島奇譚《えのしまきたん》

講談社

目次

江ノ島奇譚 …… 003

序章 …… 006

霊《ち》の章 …… 011

悟《ご》の章 …… 040

我《が》の章 …… 051

浮《ふ》の章 …… 078

智《ち》の章 …… 087

終章 …… 153

芝居がはねて、江戸の宵闇 …… 157

稲荷山《いなりやま》恋《こい》者《は》火花《たちばな》 …… 169

装幀　坂野公一（welle design）
装画　Adobe Stock

江ノ島奇譚

有に非《あら》ず、
無に非ず、
有無に非ず、
有無に非ざるにも非ず。

『大乗《だいじょう》本生《ほんじょう》心《しん》地《じ》観経《かんぎょう》』

《序章》

息を切らして登ってきた断崖の上から望めば、白く大きな月影を浮かべた相州《そうしゅう》・江《え》ノ島《しま》の冥《くら》い海が眼下に広がっていた。

江ノ島は、ここ相模《さがみ》湾に浮かぶ、神棲《す》む島。

五月《さつき》も終《しま》いの今頃は緑が匂い立ち、それが辺り一面を埋め尽くす潮の香りと相《あい》まって、文字通り浮き世離れした場所となっている。

しかし――。

鎌倉・建長寺《けんちょうじ》禅僧・自休《じきゅう》は、軽く汗ばむ首筋を拭うと、大きく溜息《ためいき》を吐《つ》く。

今は、そんな心地良さとは無縁。

見上げる漆黒の夜空には、そこだけぽかりと穴が開いたように淡黄色の大きな月が顔を覗かせ、その妖艶な光は青黒い海の面《おもて》を照らし、寄せる細波《さざなみ》の頭《かしら》を、無数の兎《うさぎ》が走るように白々と輝かせていた。

世人《よひと》の云う「波兎《なみうさぎ》」である。

かの唐の国では、月に兎が棲むという。

不老不死の薬を盗んで月へと逃げ込んだ嫦娥《じょうが》――姮娥《こうが》は、月の国で兎に変わった。そのため、月光に照らされた波頭には今も彼女の姿――白兎《はくと》が映し出されるのだ。

能『竹生島《ちくぶしま》』にも、こうある。


緑樹影沈《りょくじゅかげしず》んで、魚《うお》、木《き》に登る気色《けしき》あり。月、海上に浮《うか》んでは、兎も波を奔《はし》るか。

面白の島の景色や。


――緑豊かな木々の影が湖畔に映り、魚たちが木々を登っているようにも見える。月も湖面に映り込み、そこに棲むという兎が波頭を走っているようだ。

何とも面白い島の景色ではないか――。

その詞章《ししょう》を目にした自休も、竹生島に足を運んだ際に付句《つけく》をした。

緑樹の影沈み　魚木に上る
清波《せいは》の月落ち　兎浪を奔る
霊灯霊地に　古今無く
不断の神風《しんぷう》　舟を済度《さいと》す

人様に披露するほどの詩《うた》ではないが、その時は思わず口を突いて出た。それほど趣《おもむき》ある景色だった。

しかし――。

今夜の自休は、そんな初夏の風情を感じる余裕《ゆとり》も、潮の香りに身を任せる洒脱《しゃだつ》も、月の明かりに歌を詠む風雅《ふうが》も……一欠片《ひとかけら》も持ち合わせていない。

第一、ここは近江《おうみ》・竹生島ではない。

歩を進めているのは、相模・江ノ島。

自休は、足元に気を配りつつ、今度は切り立つ断崖に一筋《ひとすじ》通じている細い道を下る。月明かりに照らされているとはいえ、波の浸食激しく濡れたこの道は、魔物のように何度も自休の足を取ろうとする。一歩足を滑らせてしまえば、そこは奈落《ならく》の冥い海。

幾歳《いくとせ》風雪に耐えてきた松も、自休の体を庇《かば》ってくれはしない。もしも足を滑らせ、上手く幹に縋《すが》り付けず、木の枝一本摑《つか》めたところで、それが自休の身を支えてくれることはないだろう。おそらくそのまま――海の中。

自休の脳裏に、禅林《ぜんりん》で毎日のように学んできた言葉が蘇る。

「看脚下《かんきゃっか》」

「脚下照顧《きゃっかしょうこ》」

立ち止まって自分の足元を見よ。

決して自分を見失ってはならない。

他の誰に云われるまでもなく、自ら立ち止まり「看脚下」「脚下照顧」せよ。そもそも、それが「自休」という言葉の意味――自分の名の由来だ。

自休は独り苦笑する。

その名を戴き、禅の道に励んできた。おかげで「建長寺の自休」と云えば、禅林で少しは名の通った僧になった。だが、今の自分はと云えば……。

もはや「僧」とも呼べぬ、
恋に狂った一人の男。

自らを律することすらできぬ、不徳・背徳の輩《やから》。

「心塵脱落《しんじんだつらく》」――心の塵《ちり》を洗い落とすどころか、

「心身堕落《しんしんだらく》」――心も身体も堕落してしまった男。

自休は自嘲しつつ、一歩ずつ地獄へと近づいて行く。

閻魔《えんま》の統治する地獄世界へと……。

自休は、ここまでの上り坂で三度転んだ。

危うく岩場に手を着いて命拾いしたが、三度目で肘をしたたか打った。だがここから先は、前に進もうが後ろに転ぼうが、どちらにしたところで自分の行く先は奈落の底。決して逃れようのない八大地獄だ。

何故なら、今からこの先で自分を一人待つ男を、
恋敵《こいがたき》を殺す——。
自体は、月の光に自らの掌《てのひら》をかざした。
そして大きく嘆息すると、悲しげにそれを眺める。
透き通る程《ほど》美しく汚れのない真白《ましろ》なこの手で、
波兎が走る冥い海の見守る中で、
名高い古刹《こさつ》の禅僧である自分が、
いい、
たかが恋のために——。
今宵、人を殺《あや》めるのだ。

《霊《ち》の章》

文化六年 己巳《つちのとみ》。葉月《はづき》。

立秋を過ぎて、暑さもようやく峠を越えた。

日中、陽に照らされていれば汗ばむものの、手を入れていない狭い庭の木々――木斛《もっこく》や黐《もち》の木を揺らして吹き寄せて来るのは、もう秋の風。

藤沢宿《ふじさわじゅく》から少し外れたこの場所も、ついこの間までは蜩《ひぐらし》が降るように鳴いていたが、今は鈴虫や松虫の声で埋め尽くされ、十六夜《いざよい》の月が庭の雑草を照らしていた。

木の間より漏り来る月の影見れば
　心尽くしの秋は来にけり

などという風流な歌とはほど遠く、壊れかけた形ばかりの縁側から、青山勝道《あおやましょうどう》は浴衣《ゆかた》の袖を捲《まく》り上げて湯上がりの酒を呑《の》んでいる。

総州《そうしゅう》、浄土真宗《じょうどしんしゅう》・某《なにがし》寺の小坊主として育てられた勝道は、生まれた時からその寺にいた。父親の顔も声も、母親の乳の匂いも知らぬ。短い手紙と共に寺に託され、どこぞの女の乳をもらい、僧侶たちの袈裟《けさ》に抱かれて育ち、やがて「青山勝道」という立派な名前を付けてもらった。それがもう、二十年程も前の話——。

勝道は苦い顔つきで一人、猪口《ちょく》を傾ける。

但《ただ》し、苦い顔つきは、特に何かあったわけでもなく、普段通りの顔。と云って、それが苦み走った凛々《りり》しい顔ならばまだ良いのだが、勝道の場合は、ただの苦い顔つき。その普段通りの顔で、酒を呑む。一合四文の安酒だから旨いとも思わぬが、こうして酔ってしまえば同じこと。

喧《かまびす》しい虫の声に耳を傾けていると、やがて、からころと乾いた下駄の音がして玄関の戸が開き、

「ただいま」

という澄んだ声が響く。

お初《はつ》だ。

柄杓《ひしゃく》を使って水桶の水を飲む音、それを置く、かたりという音が聞こえて、

「ああ、良いお湯だった」

銀杏《いちょう》返しの鬢《びん》を手拭《てぬぐ》いで軽く拭いながら縁側にやって来ると、紺地に白い夕顔が染め抜

かれた浴衣姿のまま勝道の隣に横座りして、自分の杯――白い磁器の猪口に手酌で片口《かたくち》から酒を注いで呑み干す。少し逆上《のぼ》せた頰が更に赤みを増した。

お初は勝道より三つ年上で、茶屋の飯盛《めしも》り遊女。

そして勝道は、お初が知り合いから安く譲り受けた古い家に転がり込んでいる。

つまり、間夫《まぶ》。「色《いろ》」である――。

「そろそろ燗酒《かんざけ》の季節。季候も良くなったねえ……」

お初がほろ酔いの赤い顔で、意味ありげに勝道を見た。

「ねえ。たまには二人で一緒に何処《どこ》かお参りにでも行かないかい。観音《かんのん》様でもお大師《だいし》様でも、何処でも良いからさぁ」

「どうしたんだ、いきなり」勝道もお初の顔を見返す。「この家の近くにもお稲荷《いなり》さんや地蔵さんがあるべい」

「それはそうだけど、もっと、こう……大きくて立派な、ちゃんとした所へさ」

「ふん」

勝道は鼻で笑って猪口を空ける。

こうして二人で暮らしてはいるが、夫婦《めおと》になったわけではない。

それどころか、日々お初に食べさせてもらっている、甲斐性の無い男。

それは充分に承知しているので、逆についつい口調が粗略《ぞんざい》になる。その上、年下だが、お初よりも多少は物を知っている。それをお初がすぐに誉めては他人《ひと》にも自慢するので、なお不可《いけな》い。劣等感情と空威張りが綯《な》い交《ま》ぜになっている――。

物心つかぬまま寺に預けられた勝道だが、三つ四つの頃から毎日文字を習い、経を読み、仏堂の長い廊下を雑巾《ぞうきん》がけし、広い境内《けいだい》と参道を自分の背丈ほどの竹箒《たけぼうき》で掃《は》き、炊事の手伝いをし、洗い物をし、眠くなるまで書物を読んで寝た。

それが当たり前のことだと思って育った。

此の世とは、そういうものだと思って生きていた。

世間と、この僧坊とは違う。お前は僧坊の中で「生まれ育った」のだから、一生涯ここで暮らすが良い。それが、お前の宿命だと云われた。

しかし、僧坊と世間とは違うと聞かされたところで、そもそも勝道は「世間」を知らなかった。だが確かに寺にやって来る人たちを見れば、僧侶とは一線を画している。髪や髭を生やしてもいれば服装も違うし、いつも寺に野菜を届けてくれる若者たちも、自分とは何となく違う。

そして、寺の香《こう》とは違う甘い匂いを振りまく女人もいた。

ある日のこと。

一人の女人の白く美しい顔と香りに心を奪われてしまった勝道は、思わず境内で躓《つまず》き転んだ。砂利で膝を擦《す》りむき、血が流れた。大したことはなさそうだったが、軽い痛みと恥ずかしさで、すぐには立ち上がれずに蹲《うずくま》っていると、その女人が「大丈夫ですか」と心配そうに勝道に近寄り、帯に挟んだ懐紙《かいし》を傷口に当ててくれた。

勝道は顔を真っ赤に染めて、

「だ、大丈夫です」

と大声で叫び、その場を離れると、遠くまで走った所から大声で「ありがとうございました」と云って一礼した。

その夜、勝道は手当てしてもらった懐紙を自分の懐に抱いて寝た。

寺では相変わらず「女人は魔物。近付いてはならぬ」と云われ続けたが、しかし、あの不思議な感覚は勝道の脳裏から消え去ることはなく、時折、胸が痛んだ。

すうっ……と地面に引き込まれそうになる気持ち。

ふんわり……と魂が自分の体から離れて宙《そら》に吸い込まれそうになる気持ち。

どうやっても律しようがなく、確かに女人は「魔物」かも知れぬと納得した。もしくは美しく優しい、観音様か弁財天《べんざいてん》様――。

そんな煩悩《ぼんのう》を抱えながらも修行を続けていた勝道だったが、十六、七歳の頃に、ある夜突如として寺を出奔した。

その理由はといえば……。

全く覚えていない。

何故思い出せないのか、その理由すらも解らない。

もっとも、思い出せない理由が解っているくらいならば、思い出したも同然だろうが。

とにかく。

その時、寺で何があったのか。

自分が何から逃げ出したのか。

一つたりとも覚えていなかった。

それまで育ててくれた大恩ある寺を出奔するくらいだから、大きな出来事が起こったはずだが……。

情けないほど、記憶にない。

頭を何度叩いても、その欠片《かけら》さえも出て来なかった。

勝道は、無理に思い出そうとするのは止めた。

これほど努力しても出て来ないならば、もう自分とは関わりのないことなのだ。だからこそ、記憶から消されてしまったのだ。不必要な自分史。そういうことだ。

だが逃げた当座は、いきなり「現実」が襲いかかってきた。

出奔したのは良かったが、全く世間を知らないことに気がついた。手元不如意《ふにょい》で金銭も殆ど持っていない。あの優しい「弁財天」の女性が目の前に現れて、心配そうに声を掛けてくれるわけもない。

本当に「独り」になってしまったのだ。

物心ついた頃から寺住みだから、多少の経《きょう》は諳《そら》んじられるが、托鉢《たくはつ》に出たこともない。今日を生きる術《すべ》を、何一つ身に付けていないまま、空《す》きっ腹を抱えて人家の軒先で物乞いし、武蔵国《むさしのくに》では施薬院《せやくいん》にも世話になり、やがて薪割りや釜焚きをしながら江戸まで流れた。といって、華やかな市村座《いちむら》や中村座《なかむら》などの歌舞伎や、まして吉原《よしわら》に縁や伝手《つて》があるわけもなく、手に職のない勝道は、芝《しば》や品川《しながわ》などの岡場所《おかばしょ》で働く遊女——寺で「魔物」と教わった女人たちにこき使われていた。

芝では、定宿を持たずに道ばたで「事《こと》を行う」夜鷹《よたか》たちと殆ど変わらぬ貧相な遊女屋で拾われた。勝道はそこで、釜焚きやら掃除やら部屋の後片付けやら買い物やら……何でもやった。盆暮れ正月、関係なく働いた。

そんな姿を見て同情したのか、あるいは故郷に残してきた弟のように思ったのか、店の遊女たちが勝道を構ってくれるようになった。

顔も「へのへのもへじ」のようで美男過ぎず、どこにでもいるような外見だったのが、かえって幸いしたのかも知れぬ。かと云って、何年も独りで苦労して生きてきたため、なよなよした色白の若旦那風ではない。そんなところも好かれたのだろう。

暇を見つけては遊女たちに近くの稲荷神社にお参りに連れ出され「ここで祈れば、きっとあんたの願い事も叶うよ」などと教えられた。

だが、その時の勝道は、ただ明日も無事に過ぎますようにという願いしかなかった。そこで、次も次の次も只管《ひたすら》に、そう祈り続けていた。

ところが、
店の遊女たちと親しげに出かけているようだという噂が亭主の耳に入り、自分の店の遊女たちと遊ぶなど、不埒な若造だと——おそらく嫉妬も込めて——激しく叱責されて追い出され、今度は相模国《さがみのくに》まで流れ着いた。

明日も無事に……という、小さな願いも叶わなかったのだ——。

相模川の渡《わたし》舟《ふな》着《つ》き場《ば》で栄えていた茶屋町で、勝道は下働きの仕事を見つける。この辺りは大山《おおやま》詣でや、観音霊場参りの人々で、芝や品川に負けず劣らず大層賑わっていたから、雑用を引き受けてくれる若い者には、常に働き口があった。

その茶屋町の店で知り合ったのが、今こうして眺めていても、月明かりに白い項《うなじ》が艶《つや》っぽい、実に「絵になる」女——お初である。

お初は、客を取ろうとしない遊女だった。

そういう「飯盛り女」は中々いないが、出自が多少良い家だったようで気位が高く、人目を惹く容姿だったことに加えて、藤沢《ふじさわ》にいた親戚が、茶屋の女将《おかみ》と顔見知りだったこともあり、特別に可愛がられ我が儘《わがまま》を聞いてもらえるのだと云っていた。

「茶屋」――つまり遊女屋である以上、もちろん時によっては客を取る。だが女将の許しを得て、文字通りの「飯盛り」役に収まっているので、周りの遊女たちからは妬《ねた》まれたり、やっかまれたりもしていたようだが、お初はどこ吹く風と歯牙にかける様子も全くなかった。

そして勿論、勝道に対しても、つんとして冷たかった。

そんなある日。

勝道は夕方の仕事の時間に遅れてしまい、茶屋の主人に散々叱られた。しかし言い訳せずに黙っていたため折檻部屋《せっかんべや》に一晩閉じ込められて二食抜きになった。が、その勝道の態度を見ていたお初は、理由有《わけあ》りと感じたらしい。別の日に、ほんの短い時間だったが、二人だけで話をする機会を作ってくれた。

馴染みの客からもらったという花林糖《かりんとう》を、こっそり分けてもらい、そんな菓子を生まれて初めて口にした勝道は余りの旨さに驚いてしまって、少しずつ少しずつ囓《かじ》っていると、勝道が折檻された理由を尋ねてきた。

勝道も最初は口籠もっていたが、少しずつ話し始めた。

あの日――。

店の裏手の小山の中腹に稲荷神が祀られていることを知った勝道は、芝に住んでいた頃を思い出して一人お参りしてみようと思い立った。

江戸・吉原では何故か稲荷信仰が盛んで、遊郭内にも遊女たちの守り神として、九郎助《くろすけ》稲荷を始めとする幾つもの稲荷社が祀られていた。ただどうして、それ程までに——吉原だけでなく芝などでも——遊女たちが稲荷神を崇敬していたのか、その理由までは知らなかったが……。

勝道が稲荷の朱《あか》い鳥居をくぐろうとすると、鳥居の前にしゃがんで泣いている小さな女の子がいた。尋ねれば、

「姉さんに頼まれて、姉さんの猫と一緒にお参りに来たけれど——」

お参りを終えてここまで戻って来た時、しっかり抱いていた猫が、いきなり逃げ出してしまったのだと云う。これじゃ、姉さんのいる家には帰れない——。

その話し振りや姿形《ようす》からすれば、姉さんというのは宿場の遊女、そして江戸・吉原ならば、この子は遊女の身の回りの世話をする見習い——禿《かむろ》というところだろうが、この辺りの宿場では、単なる下働きだ。

吉原の遊女たちの間では、猫を飼うのが流行《はや》っていると聞いた。名のある花魁《おいらん》が、特別に猫を可愛がっていたため、周りの遊女たちもそれに倣《なら》って猫を飼い始めたと云う。

だが実際は、慣習《ならい》で足袋《たび》を穿《は》かぬ遊女たちが寒い冬に猫を着物の足元に入れて暖を取っている、という現実的な理由が大きかったに違いない。

この子の主人の遊女も、猫を可愛がっており、たまには大切な猫を稲荷にお参りさせてやろうと思ったのだろう。その大事な猫を逃がしてしまったのかと思うと、勝道の胸も痛んだ。話を聞いたのも何かの縁と思い、

「もう泣くな。俺が一緒に探してやるから」

と云って、辺りの草むらに入って行った。

殆ど外に出たことのない猫ならば、間違いなく恐がっている。恐怖の余り無鉄砲に駆け出すか、それともどこかで怯え隠れているか……確率は四分六分程度だが、勝道は後者に賭けた。おそらく猫は高い場所か暗く狭い所にいるはず。

見回したところ、社殿の階段や回廊には居そうもなかったから、暗く狭い場所——この場合は、社殿の縁の下だ。

勝道は木の枝をぽきりと折ると、社殿の裏に回り込み、わざと音を立てながら縁の下に近づき、木の枝でがさがさと雑草を薙《な》ぎ払った。すると案の定、その音に怯えた三毛猫が、ねおう、という鳴き声と共に飛び出してきた。

それを女の子が地面に膝を突いて迎え、走ってきた猫を両手で掬《すく》うように抱きかかえると「みけ、みけ」と云って泣きながら頬ずりした。

「良かったな」

と笑う勝道に、女の子は何度もお礼を云って、小走りに帰って行った。その後ろ姿を眺

めながら勝道は、芝や品川の遊女屋でも何か無くし物があると、いつも頼りにされたことを思い出した。大抵は見つけ出してあげたものだ。

　これにはちょっとしたこつがあって、やたらめったら探し始めるのではなく、まず遊女にじっくり話を聞いて、足を踏み入れていない場所を外す。つまり、絶対に「無い」場所から潰して行くのだ。基本的に遊女たちは殆ど外に出ないから、最後に残った二、三ヵ所に絞った場所から見つかるというわけだ。

　そんなことを懐かしく思い出したものの、猫を探して帰りが遅くなった上に、何の言い訳もしなかった勝道は、主人に折檻される羽目になってしまった。

　話を聞いたお初は、真剣な面持ちで眉根を寄せ「そうだったのかい……」と、何度も頷いた――。


　そんな話のついでに生まれを訊かれて「総州《そうしゅう》」と答えると、

「総州って」お初は大きな黒い瞳を見開いて驚いた。「私《あたし》は、すぐ近く、常陸国《ひたちのくに》生まれなんだよ。若いうちに両親が亡くなって身寄りがなくなり、親戚を頼ってここまで流れて来たんだ。でもまあ、その結果こんな身の上になっちまったわけなんだ」

「そうなのか」勝道も目を丸くする。「まだ小坊主だった頃、常陸国には和尚《おしょう》さんたちに良く連れて行ってもらったべい」

江戸に幾年もいたせいか、江戸弁と武蔵言葉がごっちゃになっている。そんなところも可愛らしかったようで、お初は笑った。

「私の家は――すっかり没落してしまったとは云え――昔は武家だったんだ」

実家が武家と云っても、かなりの下級武士だったようだし、言葉遣いもすっかり「茶屋」の女だ。あれじゃあ私らと変わらないよ、と他の女たちが悪口を叩いているのを、勝道は耳にしたことがあった。

お初は云う。

「剣の神様だからって云っちゃあ、祖父《じい》さんに連れられて、鹿島《かしま》の神宮には良くお参りさせられたよ」

「俺もよく行った」勝道は頷く。「下総《しもうさ》の香取《かんどり》神宮とかも。いや、和尚さんたちは潮来《いたこ》で舟遊山《ふなゆさん》したり……その他にも……色々と遊んだりしてたみたいだけど」

口籠もる勝道を見て、お初は大きな目を見開いた。

「そしたら、本当《ほんと》に私の家の近くじゃないか。最初は潮来に住まいしてたんだよ。もちろんその時はまだ子供だったけどさ。でも、同郷のようなもんじゃないか」

と、すっかり打ち解け、別の日もお初は自分から勝道に逢いに来た。その時は、勝道が浄土真宗の寺にいたということで「仏」についての話や、親鸞聖人《しんらんしょうにん》の云ったという、

「善人なほもて往生をとぐ、いはんや悪人をや」

――自分は正しいと思って全く反省をしない「善人」でさえ、極楽往生できる。ならば、自らの悪業《あくごう》を日々感じている人間の方が、更に阿弥陀仏《あみだぶつ》の慈悲によって極楽往生できる――とか、念ずる心の激しい時には、必ず祖先の声が聞こえてくるものだ――などという、少しだけ「学《がく》」のあるような堅い話をした。

だがその一方で、江戸で聞きかじってきた、最近流行《はや》っているという艶っぽい都々逸《どどいつ》、

恋に焦がれて鳴く蟬《せみ》よりも　鳴かぬ蛍《ほたる》が身を焦がす
おまえ正宗《まさむね》わしゃ錆《さ》び刀　おまえ切れてもわしゃ切れぬ
七つ八つから『いろは』を習い　『は』の字忘れて『いろ』ばかり

などの歌も知っていたことが、お初を喜ばせた。

そんなこんなで、何時の間にか懇《ねんご》ろになり――勝道にはもちろん初めての経験だったが――そのまま、お初の住まいするこの家に転がり込んだのである。

茶屋でもそんな噂が駆け回《めぐ》り、勝道は下働きを辞めた。

一方のお初は、吉原《なか》で云えば年季明けの歳になって、客相手の仕事からは完全に身を引いたし、どこにでもいるような「へのへのもへじ」顔の勝道と一緒に暮らすという話を聞いた遊女たちは「物好きな」と嗤《わら》って、むしろ今は皆と仲良くやっているらしい。おかげで勝道は、贅沢さえ望まなければ、何をするでもなく日がな一日、こうしていられる。

勝道は猪口を空けて、回想から現実に戻るとお初を見る。

「お前がそう云うなら、大きな寺社へ神仏を拝みに行っても良いが、またどうして」

「だってこの頃、世間は大変だろう。こっちはまだしも、江戸じゃあ火事だ何だで大騒ぎだよ」

確かに江戸では「明暦《めいれき》の大火・振袖火事」から始まって「天和《てんな》の大火・お七《しち》火事」や「明和《めいわ》の大火・目黒行人坂《めぐろぎょうにんざか》の火事」などなどが有名だが、その後も火事は続いた。つい三年程前には「文化《ぶんか》の大火・芝の火事」が起こり、大混乱に陥っていた。

あのまま芝にいたら、間違いなく巻き込まれていただろう。それを思うと、ぞっとする。こうして助かっているのは、ひょっとすると、遊女たちに連れられてお参りした稲荷神のおかげなのか——とも思ってしまう。

「けんど」と、そんな思いを振り切るように勝道は云った。「あっちとこっちじゃあ、殆ど関係ねえべい」

「いや……本当《ほんと》のことを云うとさ」お初は恥ずかしそうに、上目遣いで勝道を見た。「嗤《わら》っちゃ嫌だよ。実はね……夢を見たんだよ。三晩《みばん》続けて、同じような」

「夢だと。何の夢だ。昔の男の夢か」

「そんならまだましなんだけど、男は男でも、真っ白《ちろ》い顔をした坊主なんだよ」

「坊主って、どこの坊主だ」

「分からないよ。何しろ——」

お初は顔をしかめ、ぶるっと身震いした。

「顔がないんだ。ぬっぺっぽうみたいにさ。目も鼻も口も耳もない、ぺろりとした顔のそいつが、いつも出てくるんだ」

「何だと……」

勝道は、真顔になって尋ねる。

「本当にそいつは、目も鼻も口も耳もなかったのか」

「今、そう云ったろう」

「じゃあ、ぬっぺっぽうってことか」

「だから、そうだって」

「恐かったか」

「もちろん、恐かったよ。解ってもらえるかい」

「ああ。良く解る」

と云って勝道は、猪口に酒を注いだ。

今、呑んでいるのは確かに「湯上がりの酒」だが、実は今朝、迎え酒もやった。干物や漬け物と一緒に朝酒も喰らった。昼は横町の「居酒致し候《いざけ》」の看板が掛かった酒屋で芋の煮っころがしをつまみに二合ほど。そしてこれから晩酌に入る。

大抵がこんな様子。

しかし、今宵は――。

「ぬっぺっぽう、か……」

そのお初の言葉に心の臓を摑まれ、全身がぞ、く、っとした。

浴衣をまくり上げた自分の腕《かいな》を見れば、いくつも粟粒が立っている。

ぬっぺっぽうは、不吉。

禍々《まがまが》しく薄気味悪く、勝道の心の中に暗い影を落とす。但し、どういう訳だか解らぬ。

その理由に関する記憶が、見事に欠落している。

勝道は、魑魅魍魎《ちみもうりょう》の類いは信じない。そんな奴らが、そこいら中を歩き回っていてたまるものか。そうだとしたら、街道は昼も夜も大賑わいだ。

だから魑魅魍魎に関しては、牛鬼《うしおに》だろうが、毛倡妓《けじょろう》だろうが、火車《かしゃ》だろうが、元興寺《がごぜ》だろうが、少しも恐くない。しかし、ぬっぺっぽうだけは、鳥肌が立つのだ。

ひょっとして。

寺を出奔した時に見たとか……。

〃そんな馬鹿な〃

勝道は心の中で苦笑して打ち消したが、選《よ》りに選って唯一恐ろしいそいつが、お初の夢の中に出ただと――。

引き攣《つ》りながら苦笑いする勝道の隣で、

「それがさ」お初は、こと細かに告げる。「闇夜みたいな洞窟の中で真っ黒い袈裟を掛けた姿で私に向かって、おいでおいで、をするんだ。大層不気味だろう」

お初は両腕で自分の肩を抱いた。

「おお恐《こわ》。剣呑《けんのん》剣呑……」

「そいつは確かに恐ろしいな……」

「そうだろう」

お初は身を乗り出して同意を求めてきたが、それは勝道の抱いている「恐怖」とは、多分違う――。

顔を顰《しか》めたまま、勝道は云った。

「だがそいつは、どこかでお祓《はら》いしてもらって何とかなるってもんでもないだろうが」

「でもさ、これは屹度《きっと》、凶事の報せだよ」お初は断言する。「この悪夢《わるゆめ》を祓ってくれる、良い神社仏閣はないものかねえ」

「そうさなあ……」

勝道は腕を組む。

この辺りで最も有名な神様といえば、もちろん大山寺《おおやまでら》――大山阿夫利《あふり》神社だ。遥か昔、崇神《すじん》天皇の御代《みよ》に創建され、富士の山の神に匹敵する大神をお祀りする由緒正しい神社で、ここから東海道を横切って戌亥《いぬい》に進んだ先の大山に鎮座している。

しかし、今の時期の登拝《とうはい》はもう終《しま》い。その上、この大山詣では女人禁制。どちらにしても無理だ。

「鎌倉は、どうかね」お初が尋ねる。「長谷《はせ》の大仏さん。私はまだ一度も拝みに行ったことがないし」

「長谷の大仏か――」

鎌倉時代の史書によれば、建長《けんちょう》四年「金剛八丈の釈迦《しゃか》像」を鋳造《ちゅうぞう》し始めた、とある。もともとは「丈六《じょうろく》」――釈尊《しゃくそん》と等身大といわれる一丈六尺――の大仏だった。

しかし暴風雨などで何度も倒壊し、新たな大釈迦像の鋳造が試みられたのだ。奈良の大仏ですら約五丈だから、八丈といえばそれを遥かに凌ぐ、日本一の大釈迦牟尼《むに》仏ということになる。

ところが、それ以降に鎌倉を襲った暴風、洪水、大火、大地震《おおない》などによって倒壊してしまい、なんとか建造し直されたものの、大きさは約三丈七尺で当初の半分以下。しかもこの時、何故か大釈迦像は、阿弥陀如来像に変わってしまった。

　だが、この大仏の受難はまだ終わらない。

　新たな台風で大仏殿は再び倒壊し、大津波の被害まで受け、それ以降、何百年も雨ざらしで過ごすこととなる。

　そのため大仏の「胎内」では度々《たびたび》賭博が行われたり、密会の場ともなったりした。まさにやりたい放題、荒れ放題だ。それがようやく、芝・増上寺《ぞうじょうじ》法主《ほっす》の祐天上人《ゆうてんしょうにん》の手によって、高徳院《こうとくいん》の寺院と共に再興がなった――。

「大仏の数奇な運命に興味がないことはないが、わざわざそんな長谷の田舎まで見物に行く気は起きねえな。かといって、長谷寺《ちょうこくじ》の観音様の辺りは物騒で、大層不気味な所らしいしな」

「お墓ばかりだからねえ……。盗賊も出るって」

「そもそも鎌倉なんぞ、この頃ようやく人が住み始めたんじゃねえか。ついこの間までは、蓮の花と鷺《さぎ》と烏《からす》が棲んでるだけの大田舎だった」

　源　頼朝《みなもとのよりとも》が鎌倉に入った際、五代前の先祖の頼義《よりよし》が京都の石清水《いわしみず》八幡宮を勧請《かんじょう》し建立した由比《ゆい》若宮《わかみや》――元八幡《もとはちまん》への参拝が叶わなかった。と云うのも、今の若宮大路が余りに酷い泥湿地で、馬を進める事が出来なかったからだ。実際に今でもあの辺りでは、殆どの井戸で赤い水が出て飲み水にならぬと云うし、民家も数えるほどしかない。

　では何故、頼朝がそんな土地を選んだのかと云えば——。

　他に何処にも行く場所が無かったからだ。

　当時は「一所懸命」の時代。ほんのわずかな領地でさえ、自分の命に代えてまで守り、子孫に伝えていこうとする時代だった。だから、たかが流人風情の頼朝に「どうぞ、どうぞ」と自分の土地を分け与える人間が居るわけも無い。千葉介《ちばのすけ》も、三浦《みうら》も、和田《わだ》も、畠山《はたけやま》も。

　後の世になって、源氏の先祖がどうしたとか地形がどうだ街道がどうだとかという、頼朝が鎌倉を選んだ尤《もっと》もらしい屁理屈が付けられたが、真実はそんなところ。当時は誰もが、自分のことばかりだったのだ。

　しかし。

　自分の娘・政子《まさこ》を嫁がせてもいる北条時政《ほうじょうときまさ》までもが、頼朝のために土地を差し出さなかった。これだけは大きな謎だ——。

「あの辺りにあるといえば」勝道は云う。「武士の守り神の八幡宮の他は、建長寺《けんちょうじ》なんかの寺ばかりだが、殆どが禅林《ぜんりん》だ。禅寺じゃあ、お祓いなどしてくれる訳もないし、願い事だって聞いちゃくれめえよ。何しろ、自分の力で頓悟《とんご》——悟りを開くってのが、禅の基本だからな。自力本願で、自分だけってやつだ」

「散々な言い方だけど……」お初は猪口を傾けると、勝道を見た。「でも、あんたは本当に物知りだねえ」

「知ってるだけだ。それだけのことよ」

照れ隠しなどではなく、本心からそう思っている。

別に自分で考えたわけではない。何かの書物で読んだり、誰かから聞きかじっただけだ。ひとつも偉くはない。

それに、こんなことを知っていたところで、今の世で一体何になるというのか。

しかし、

「あんた……」

お初は、うっとりと勝道に寄り添った。

湯上がりの髪の香りが、ふんわりと鼻孔をくすぐる、その甘さに酔いながら思う。

いや。

つまらぬ知識の披露も、少しは役に立つか……。

「ねえ。だったら、行く先は任せるから、何処《どっ》かに連れてってておくれよ」

しなだれかかるお初に、勝道は云う。

「そんなら素直に、江島《えのしま》明神はどうだ。弁財天だ。お参りといえば、大山詣でから江島明神てのが、ここ相模の王道だろう。それに今年は特に大人気らしい」

六十年に一度、己巳《つちのとみ》の弁財天の御縁年《ごえんねん》の今年。この間も、江戸の本所《ほんじょ》や浅草《あさくさ》で江島弁財天の出開帳《でかいちょう》――御本尊を他所《よそ》に持って行き、人々に公開する祭りが行われた。

出開帳で最も有名なのは、下総国・成田山新勝寺《なりたさんしんしょうじ》だ。深川《ふかがわ》――富岡《とみおか》八幡宮などで行われようものなら、見物人やら本尊の不動尊を乗せた輿《こし》を護る者たちやらで二、三百人を超えるという。いつぞやなどは、そこいら中で喧嘩《けんか》が起こるわ、近所の神社仏閣からの嫌がらせがあるわで、入牢《じゅろう》四十余人。死人も出て、翌日の瓦版《かわらばん》には「古今未曾有《みぞう》の出来事」とまで書かれた。

そこまでの騒ぎではないものの、江島の出開帳もかなりの人気を博した。その評判を耳にして、あちらこちらの弁財天を祀っている寺が、我も我もと後追い開帳を始めて大騒ぎになった――。

そんな話をすると、

「なんだいそりゃあ」お初は顔を歪めた。「我も我もなんて、弁財天さんに対して罰当たりなんじゃないのかい」

「そいつはお前の云う通りだが、何もないよりゃあ良いんだろうよ。銭《ぜに》を払っても拝みたい奴らがいれば、寺も儲かる。どっちも損はしていねえからな」

「それは、そうだけどさ……」

「ああ、そういえば」と勝道は膝を打つ。「江島明神でも御開帳があると、どこかの高札《こうさつ》に書いてあったな」

「出開帳したばかりじゃないのかい」

「いや。出開帳じゃなくって居《い》開帳だとよ。元々祀られている御本尊を、江島明神で開帳するんだ。今年は巳年だというんで、八臂《はっぴ》弁財天も裸形《らぎょう》――妙音《みょうおん》弁財天も、両方一遍だそうだ」

江ノ島には、弁財天像が二体ある。

八臂弁財天というのは八本の腕を持った恐ろしい形相の弁財天で、それぞれの腕には、弓・箭《や》・刀・斧・杵《しょ》・鉄輪《かなわ》・羂索《けんさく》、あるいは、輪宝《りんぼう》・鍵・宝珠《まに》・宝杵《ほうしょ》・矛・剣などを持つ、戦いの神だ。

一方の裸形弁財天は名前の通り、紗《うすぎぬ》一枚身にまとっておらぬ素っ裸。しかも右の足先を、踏み下げた左足の腿の上に載せている半跏趺坐《はんかふざ》のため、両足の間から覗き込めば隠語で云う「弁天様」も丸見えだった。

誰がどういう目的でこんな像を拵えたのかは分からぬが、とにかく「夢にまで見る美女神」弁財天の全てが拝めるということで、男衆の参拝者から格別に人気がある。

すっかりその気になっている勝道だったが、お初はどことなく浮かない顔をしている。

「どうした。お前だって、歌舞音曲に携わっている身じゃないか。弁財天のご利益《りやく》、技芸上達・金運上昇だ」

「技芸ったって、お座敷三味線程度だよ」

「随分とまた気乗りしない様子だが……ははん、弁財天に妬いてるのか。だが焼き餅は、ここ藤沢じゃなく戸塚《とつか》の名物だ」

「馬鹿だね。そんなんじゃないよ」

お初は勝道を叩くと、少し遠い目で云う。

「私は、死んだ父さんや母さんとは縁が薄かったけれど……でも、祖母《ばあ》さんにはとっても可愛がってもらっていてね。その祖母さんが、弁天様のことが大好きで、お守りもいっぱい持ってた。私も連れられて、潮来の弁天様にお参りに行ったもんだ。だから私だって最初に、江島明神を頭に浮かべたさ」

「じゃあ、何だよ」

うん、とお初は顔を曇らせた。

「あそこで、何度か身投げがあったたって」

「そう云われりゃあ――」

「詳しくは知らないけど、坊主だったたんだろう」

噂は聞いている。

淵に身投げしたのは、どこぞの寺の僧侶。口さがない連中が「仏に成る身」が本物のだと。


「仏」になっちまった——などという軽口を叩いていた。巷《ちまた》では、江ノ島は何かに呪われているんじゃないかという話になっている。そのため、開帳もいつもより大々的に行《おこな》うんだと。

　だから、とお初は怯えるように云った。

「ぬっぺっぽうの坊主が出てくる悪い夢見だってのに、そんな場所に行ったら……それこそ、坊主の幽霊に出逢っちまう」

「なにを云ってるんだ」勝道は笑う。「そんなもの、出るわけねえだろう。坊主の幽霊ならば、むしろ歓迎だ。俺がそいつを屹度《きっと》、成仏させてやる」

「でもさ……」

「坊主の身投げ話なんか思い出すから、そんなつまらねえ夢を見たんだよ」

　勝道は最後の酒を猪口に注いだ。

「ちょうど良い厄落としだ。こいつは江島明神で決まりだな。身投げが多いってのも、怪しい話だ。こいつは何か理由があるに違いねえぞ。そいつを見てやる」

「お止《よ》しよ、そんなこと……」

　顔を顰《しか》めるお初を遮るように、勝道は続けた。

「弁財天を拝んだ帰りに、江ノ島名物の鮑《あわび》の粕漬《かすづ》けでも買おう。それじゃなきゃあ鹿尾菜《ひじき》か、目出度《めでた》い桜貝の作り物でも」

「あんまり気が進まないねえ……」

躊躇《ためら》うお初の隣で、すっかりその気になっている勝道は続ける。

「道程《みちのり》は、藤沢宿から片瀬《かたせ》へ抜ける『江島道《えのしまみち》』一本で駕籠《かご》もいらないし、面倒な旅支度もなしだ。俺なんざ、普段着と股引脚絆《ももひききゃはん》、念のために菅笠《すげがさ》、それに履き慣れた草履《ぞうり》で充分」

「行くなら、草履くらいは新調してあげるよ」

「そいつは有り難えな。じゃあ、行った帰りに片瀬辺りで一杯《いっぺい》呑んで、旨いもんでも食おうじゃないか」

もちろん勝道が金子《きんす》を出すわけではないので、好き勝手なことを云う。

しかしお初も、

「あんたがそうまで云うなら、そうしようかねえ……」

ようやく承知すると、奥へ入って何やらごそごそと探し、それを手に再び縁側に坐って月明かりに照らす。

「何だ、こいつは暦《こよみ》じゃねえか」

覗き込む勝道の隣でお初は、はらはらと捲った。

「ええと、今頃の江ノ島の引き潮は……」

どうやら、潮の満ち引きを調べているらしい。

「明けの五つ頃で、辰の刻。ちょうど良いね。明け六つの卯の刻頃にこっちを発《た》てば、片瀬の浜には辰の一つくらいには着く。そうすりゃ潮が引いて、片瀬から江ノ島まで歩いて渡れる。そのまま本宮岩屋《ほんぐういわや》まで行かれるよ。舟で渡りゃ、八文かかる。往復すれば一人十六文。二八《にはち》蕎麦が食べられる」

確かにな、と勝道は笑った。

「てことは、夜鷹《よたか》が買える」

「馬鹿」

お初は眉根を寄せると、思い切り勝道の背中を叩いた。そして、

「夜鷹や遊女と云えば……」首を傾げる。「あんたもしょっちゅう拝んでいたという、お稲荷さんも不思議だね」

「女たちの守り神ってことがか」

違うよ、とお初は首を横に振った。

「稲荷神って云えば穀物《おまんま》の神様だろ。なのに、京《みやこ》の伏見《ふしみ》稲荷さんは山に祀られてるじゃないか。山の上に、米が出来るってのかい」

「そう云われりゃあ……」

その通りだ。

勝道も今の今まで不思議に思わなかったが、確かにおかしな話だ。

まさか、あの峻険《しゅんけん》な山の頂上に田圃《たんぼ》があるわけもない。そんな場所に、米や田の神を

祀るというのも合点がいかぬ。

お初は更に云う。

「それにさ、稲荷って云やあ狐じゃないか。狐ってのは『遊女』のことだろう」

これもその通り。

狐は、遊女の隠語だ。かの安倍晴明《あべのせいめい》の母親も、和泉国《いずみのくに》・信太森《しのだのもり》の「狐」だったという。早い話が、信太森に住まいしていた「遊女」だったと云われている。

その狐が、どうして稲荷神の眷属《けんぞく》となって仕えているのか。

そもそも、正一位《しょういちい》の位を持つ稲荷神の側に遊女を仕えさせておいて良いのか……。

「解らねえな」勝道は正直に答えた。「そのうち、解る時も来るだろうよ。それまでお預けだ。さて、晩飯にしようか」

勝道は云ってお初と二人、虫の声を背にして縁側から立ち上がった。

《悟《ご》の章》

臨済宗建長寺派《りんざいしゅうけんちょうじ》大本山・巨福山《こふくざん》建長寺。

この寺院は建長五年、時の年号を寺名として使用することが許可されるという格式高い禅林《ぜんりん》であり、蘭渓道隆《らんけいどうりゅう》禅師――大覚《だいかく》禅師によって開かれた臨済禅のみを修行する、我が国初めての「禅寺」である。

「松関《しょうかん》を掩《と》じず、無限の清風来《き》たりて未だ已《や》まず」

と称する如く、禅を学ぼうとする全ての人々に開け放たれ、境内は誰も拒まぬ清風が限りなく吹いている「天下禅林」である。

暁《あかつき》七つ。

まだ陽も昇らぬ刻に開静《かいじょう》――起床の振鈴《しんれい》が境内《けいだい》に鳴り響き、修行僧たちは大急ぎで衣を身に纏《まと》うと、朝課《ちょうか》のために法堂《はっとう》へと向かう。

法堂は拈華《ねんげ》堂とも称し、入母屋《いりもや》単層、方三間裳階《ほうさんけんもこし》付、総桁《そうけた》六丈三尺余、総梁行《はりゆき》五丈四尺余に及ぶ関東最大の御堂《みどう》だが、鎌倉末期はこれを凌ぐ規模だったというから恐れ入る。

修行僧たちは、そこで座禅を組んで経を読み先祖を供養するが、もちろん誦経《ずきょう》は、あくまでも座禅の助道《じょどう》――いわゆる方便《ほうべん》である。

禅宗の基本は「只管打坐《しかんたざ》」。

達磨《だるま》大師の如く、ただ只管《ひたすら》坐ること。

その後、大徹《だいてつ》堂――僧堂で粥座《しゅくざ》の朝食。そして独参《どくさん》――単独で師家と相対する業《ぎょう》が終わると、すぐに日天掃除《にってんそうじ》から作務出頭《さむしゅっとう》に入る。

「建長寺の庭を掃く」――という文言が世間にある。

これは、建長寺の庭は常に清浄に掃き清められており塵一つ残っていない、そこを更に掃き清めるということで「念には念を入れる」ということになるのだが、悪口《あっこう》と取れば「病的なほどに拘《こだわ》る」となる。

実際、修行僧たちの一日は、ほぼ作務に費やされる。

先ほど「只管打坐」と云ったが、かの白隠《はくいん》禅師は、「動中《どうちゅう》の工夫は、静中《じょうちゅう》に勝ること百千億倍」とおっしゃった。

ただ静かに座禅を組んでいるよりも、作務を行っている方が、悟りへの近道であるという意味である。達磨大師ほどの覚悟も力もない我々にとっては、その手法が頓悟《とんご》――一挙に悟りを開き、此の世の真理を掴む心境に到達しやすいのかとも思う。一心に己を見つめていると、その途中で必ず邪念に囚われる。ならば、何か他の事に熱中している時の方が、かえって頓悟しやすいのかも知れぬ。

遠く、後深草《ごふかくさ》天皇宸筆《しんぴつ》の「建長興国禅寺」と書かれた額が掛かっている三門《さんもん》が見える。

三門は一般的に「山門」と書くが、ここでは三つの解脱《げだつ》である「空《くう》・無相《むそう》・無作《むさ》」を表す「三門」と書き表している。この門をくぐることにより、自らを縛りつけている煩悩《ぼんのう》から離れ、清浄《しょうじょう》なる身に生まれ変わる――という意味だ。

向こうには、開山大覚禅師お手植えの柏槇《びゃくしん》の古木が聳《そび》え立ち、更に向こうには「巨福山」という額の掛かっている総門が建っている。

額は、元《げん》からの渡来僧・一山一寧《いっさんいちねい》の筆と伝えられ、山号である「巨福山」の「巨」の字に一点を加えて「巨」とし、百貫の価値を与えたために、この点は「百貫点」と呼ばれている――。


その近く、あちらこちらで作務に従事している僧たちを横目に、自休《じきゅう》は法堂の周囲を経行《きんひん》していた。

ただ只管《ひたすら》歩く。

自休は「六頭首《ろくちょうしゅ》」の、首座《しゅそ》、書記に続く第三位、蔵主《ぞうす》。栴檀林《せんだんりん》――経堂を司り、そこに在って経典祖録を管理する立場である。役に就いていない時は座禅を組むのだが、今はとてもそんな心境ではいられない……。

法堂前の仏殿には、台座も含めて一丈六尺の大きな地蔵菩薩《じぞうぼさつ》坐像が祀られている。通常、禅宗の寺院では釈迦如来像を本尊としているが、ここ建長寺では地蔵菩薩。

というのも、かつてこの地は「地獄谷《じごくがやつ》」と呼ばれた、死者の埋葬地であり罪人の処刑場でもあったからだ。それら死者たちの供養のため、地蔵菩薩が祀られたのが端緒だったと伝えられている。

目と鼻の先には、建長寺第九世・知覚《ちかく》禅師が開山された圓應寺《えんのうじ》もある。この寺は元々、長谷近くの見越嶽《みこつのごく》に在ったが、元禄の大地震《おおない》の後に「地獄谷」と呼ばれている現在の地に遷り、今も閻魔《えんま》十王を祀っている。

そんな土地に何故、地蔵菩薩なのかといえば、『地蔵菩薩本願経』に、地蔵菩薩は閻魔の本身《ほんじん》——根本の仏であり本来の姿であると書かれ、地蔵は「代受苦《だいじゅく》」——浄土に往生できず地獄へ落ちてしまった人々の苦しみを代わりに受けてくれる菩薩であると書かれているからだ。

しかもその上、あの世とこの世の境である六道の入り口に立っているのが「六地蔵」で、それぞれ「地獄・餓鬼・畜生・修羅・人・天」の六道で衆生《しゅじょう》の教化《きょうけ》にあたるとされる。更に地蔵は「賽《さい》の河原」で死んだ子供を救う菩薩とされ、子供の守り神、子安地蔵・水子の仏としても信仰されている——。

自体は、苦渋に満ちた顔で嘆息する。

自分もやがて、地蔵菩薩に縋《すが》らざるを得なくなるのだろう。もう、悟りも拓けねば、仏にも成れぬ。

云うまでもなく、羅漢《らかん》も遠い。

今の自分は我欲の塊――鬼だ。

〝ただ恋しい〟

それ以外の言葉がない。

「只管恋慕《しかんれんぼ》」だ。

何ということだろう。蔵主として、いや禅僧として、有《あ》り得《う》べからざること……。


数ヵ月前。

自休は、江島明神へ百日参りを始めた。

これ程までに修行しているにも拘わらず、悟りへの道程《みちのり》が余りにも遠く、やはり只管打坐だけでは無理と考え、尚且つ「歩行禅」をも兼ねた江島明神参りだった。

だが「参り」といっても、建長寺から江ノ島までは二里半。その道程を、暑さ寒さ雨風をものともせず、一日たりとも休まずに通わなくては「百日参り」とならない。一日休んでしまえばそれまでの努力が、元《もと》の木阿弥《もくあみ》となる。そんな「業《ぎょう》」を自休は自らに課した。

ある日。

自休は、老僧に連れられて江島明神に参詣していた美しい稚児《ちご》――寺に召し使われている幼子《おさなご》と出逢った。年の頃は、十三、四であろうか。自休が町人で子供があったとすれば、恐らくその子よりは幼い。

その稚児の名前は白菊《しらぎく》と云った。

その名の通り真白《ましろ》な顔に、長い睫《まつげ》の瞳と紅の唇。精気を宿しているかのように艶やかな黒髪を、細い首の後ろ辺りで元結《もとゆ》いで結んだ垂髪《すいはつ》姿。朱色の上頸《あげくび》の水干《すいかん》に、若竹色《わかたけ》の襟紐《えりひも》を結び、縹《はなだ》色の水干袴《ばかま》を穿いていた。

たった今、絢爛《けんらん》たる絵巻から抜け出してきたかのような、直視するのを躊躇《ためら》ってしまうほどの美しさだった。

弁財天や観音菩薩もかくやと思えるその姿に、自休は一目《ひとめ》で魅入られた。

長い間、禅の修行に明け暮れている僧として考えられぬ程、浮き足立ち胸が高鳴る。

その動揺を悟られぬよう、必死に気持ちを押し殺して、できる限り静かに話しかけた。

すると、老僧は鶴岡《つるがおか》二十五坊の一つ、仁和《にんな》寺末寺の頓覚《とんかく》坊・相承《そうじょう》院の供奉《ぐぶそう》僧で、先月から白菊のたっての願いで江島明神に通い、その際に二人は自休の姿を何度か認めていたらしい――。

自休は老僧と話を交わしたが、視線は始終、白菊の上に注がれたままだった。だが当の白菊は顔を上げもせず、静かに目を伏せたまま。

鶴岡二十五坊と云えば、自休の居る建長寺からは、巨福呂《こぶくろ》坂を下ってすぐの場所。

それではいずれまた、と云う自休に向かって白菊は一言、

「はい……」

とだけ答えた。それは将に一輪の菊の花がつんと青く匂い立つように可憐な声で、自休の体は震えた。仏の導きさえあれば、互いに満願を迎えるまでにまた必ずや逢えるであろうと思い、そのまま別れたのだが――。

白菊たちと江ノ島で再び出逢うことはなかった。

その上更に。

日々、白菊の面影に胸を焦がしていた自休のもとに、あろうことか、白菊が相承院の僧の下で稚児灌頂《かんじょう》を受けるという噂が届いた。

灌頂の儀式を受けるということは、白菊が正式に相承院の僧たちの稚児になること。

〝あの白菊が、皆の――〟

じわり、と冷や汗が伝い、自休は無理矢理に思考を止める。

それ以上は、とても考えたくなかった。

〝且緩々《しゃかんかん》――焦るな、落ち着け〟

自休は、何度も何度も自分に云い聞かせながら、只管《ひたすら》歩く。

白菊の稚児灌頂の話を聞いて以来、粥も沢庵《たくあん》も喉を通らねば、もちろん夜坐《やざ》もままなら

ず、開枕《かいちん》はするものの、胸が苦しくて半刻もせずに目が覚めてしまう。

かといって座禅も組めず、禅堂で只管打坐している若い僧たちの顔など、とてもまともに見られぬため、人目を避けるようにして、毎日独りで経行しているのだ。

しかし、さすがに睡眠不足で足元も覚束《おぼつか》なくなり――。

小石に躓《つまず》いた。

同時に、

〝あっ〟

と気が揺れ戻って我に返る。

呆然と爪先の小石を見つめ――。


その瞬間に頓悟《とんご》した。


そうだ。

これは、当然の気持ちなのではないか。

自分は未だ仏ではない。未熟な人間だ。

誰かを恋しく思う気持ちは捨てられぬ。

一度、こうして慕《おも》ってしまった以上は。

己の心に正直に生きることこそが「禅」なれば、
将に之正道《これしょうどう》。
桃花笑春風《とうかしゅんぷうにえむ》。
そして、
「行亦禅《ゆくもまた》。
坐亦禅《すわるもまた》」
ならば、
〝恋亦禅《こいもまた》――〟
咄々《とつとつとつ》……何とまあ。
〝達磨安心《だるまあんじん》とは、このことなり〟
思わず笑みがこぼれた。

その夜。
自休は一通の書簡を認《したた》めた。
「一筆啓上仕《つかまつ》り候《そうろう》。
……………………

白月《はくげつ》を眺め候ては、貴殿の顔《かんばせ》を思ひ浮べ仕り候。

松風《しょうふう》を聴き候ては、貴殿の声《せい》を思ひ出《いだ》し仕り候。

薫香《くんこう》を聞《き》き候ては、貴殿の香《か》を思ひ起《おこ》し仕り候。

拙僧の周囲は、否《いな》、心中も貴殿一色にて御座《ござ》候。


……………

是《これ》や夢ありしや現《うつつ》　江ノ島の
　波間に惑《まど》ふ心なるらん

恐々謹言《きょうきょうきんげん》」


これを、鶴岡二十五坊・相承院まで届けてくれるよう、坊の若い僧に託し、自休は大きく嘆息する。

後は白菊からの返事を待つばかり。

そして、その返事が吉報であることを祈るのみ。

いや、吉報に違いない。

何しろ自分は、悟りを開いた身なのだから。

それでも、もし色好《いろよ》い返事でなかったなら……。
自体の心は右に左に大きく揺れ乱れる。
しかも、こればかりは地蔵菩薩に祈っても仕方の無いこと。
それ故、余計にもどかしい。
唯々《ただただ》待つしか無い。
吉報が届くことを。

中空に掛かる月を眺めながら祈る自体は、まだこの時、
人を殺《あや》めようなど、夢にも思っていなかった。

《我《が》の章》

まだ明け六つというのに、遊行寺《ゆぎょうじ》門前町・藤沢宿では振り分け荷物の旅人の姿がちらほらと見かけられた。

遊行寺は時宗《じしゅう》総本山。正式名称は「藤沢山無量光院清浄光寺《とうたくさんむりょうこういんしょうじょうこうじ》」。開祖は一遍《いっぺん》上人で、浄土宗の一宗派として鎌倉時代に興《おこ》り、熱心な宗徒を大勢抱えている。

日本三大黒門といわれる立派な総門を構える古刹《こさつ》で、歌舞伎でも有名な「小栗判官《おぐりはんがん》・照手姫《てるてひめ》」と忠臣十人の墓もあり、参道は「いろは坂」と呼ばれる四十八段の石段。これは、阿弥陀如来が全ての衆生を救うために立てた四十八願《しじゅうはちがん》に擬《なぞら》えたものと云われている。

法然《ほうねん》を開祖とする浄土宗と云い、親鸞《しんらん》の浄土真宗、栄西《ようさい》の臨済宗、道元《どうげん》の曹洞宗、日蓮《にちれん》の法華宗《ほっけ》、そしてこの時宗。

平安末期から鎌倉にかけて、一気にこれらの「新仏教」が興った。

物凄い時代である。まさに、新興仏教が沸騰した時代と云っても良い――。

お初と勝道は、ようやく明るくなってきた遊行寺坂を下り、境川《さかいがわ》に架かる大鋸橋《だいぎり》を渡

る。この橋は時節ともなれば、大山《おおやま》山頂に鎮座している石尊権現《せきそんごんげん》に奉納する大きな木太刀を担ぎ、

「懺悔《ざんげ》懺悔。六根清浄《ろっこんしょうじょう》」

と唱えながら詣でる男たちで埋め尽くされるが、今日は勝道たちと数人の旅人が歩いているばかり。

街道沿いにずらりと軒を並べる宿屋は、昨晩も芸者の爪弾く三味線の音《ね》や、留《と》め女や遊女たちの嬌声、それに応える男たちの声が満ちて大層賑わったのだろう。そんな熱気の余韻が未だ感じられる。

大鋸橋を渡り終えると、天を突くように聳《そび》え立つ江島弁財天遥拝《ようはい》鳥居が、明けの空を背に屹立《きつりつ》し、勝道たちは軽く頭を下げてくぐった。

ここから江ノ島までは一里九町。半刻《はんとき》ほどで到着するだろう。

暗いうちから丁寧に銀杏返しを結い、真新しい手拭いを被ったお初の顔は、やはり「坊主の幽霊」が心に掛かっているのか、どことなく強張《こわば》って見えた。

かく云う勝道自身も「ぬっぺっぽう」が引っ掛かり、心がざわついたまま。

そこで片瀬《かたせ》の浜に着くまでの間、わざと違う話題を振った。

「江ノ島ってのはな『江島縁起《えんぎ》』によれば、こうだ」

「縁起縁起って云うけど、そもそもそれって一体何だい」

「ああ。仏教用語でな『因縁生起』のことだ。まあ、因果とか由来みたいなもんだな。とにかくそれに依《よ》れば、昔この辺りには五つの頭を持つ悪龍がいた。そいつは七百年以上もの長い間にわたって、ここいらに災厄をもたらしてな、ついには人の子までも喰らうようになった。だから、悪龍の棲んでいた辺りを『子死越《こしごえ》』って呼ぶんだ」

「今の腰越《こしごえ》だね」お初は勝道を見た。「恐いじゃないか」

「ところがな」勝道は云う。「ある時、大地震《おおない》が起こって、海の底から大きな岩が、どうどうと吹き出すわ、雷が天を走るわ、海の上を真っ赤な炎が覆うわで、大変なことになった。そして、ようやくそれが収まると、島が生まれてた」

　明けてゆく風景の遥か向こう、海に浮かぶ深い緑色をした江ノ島が見えた。

「それと同時に、天女が空から島に降り立った。それを目にした五頭龍《ごずりゅう》は、どうしても天女と夫婦《めおと》になりたいと望んだ。天女は拒むが、五頭龍は幾度も幾度も懇願する。すると天女は、五頭龍が今日《こんにち》までの悪行を改め、今より一切の殺生をしないと誓えば夫婦になっても良いと答えた。そこで五頭龍は過去を悔い改め誓いを立てて、二人は目出度《めでた》く結ばれたってわけだ」

「それが、弁天様だったってのかい」

「そこらへんは」勝道は首を横に振った。「良く分からねえな。そうだと云う奴も居れば、天女と弁財天は別だって云う奴も居る。かと思えば、その天女は九州・宗像《むなかた》大社に祀られてる市杵嶋比売《いちきしまひめ》だって話もある」

へえ、と云ってお初は微笑む。

「でも何にしたところで、五頭龍さんは純情《うぶ》だったんだねえ。まるで、あんたみたいだ」

「何だと」

「まあ、良い話じゃないか」

楽しそうに笑うお初に、

「……そう云うこったな」

勝道は苦い顔で歩く。

日蓮が危うく首を落とされそうになった龍《たつ》ノ口《くち》刑場跡や、そのすぐ近くに建つ龍口寺《りゅうこうじ》を過ぎ、「子死越」——腰越へと迂回しながら進めば、片瀬の浜だ。

「そら、着いた」

砂浜に降りれば、浜から広い砂州《さす》が一本、江ノ島へと通じていた。

砂州の先を見れば、別名「金亀山興願寺《きんきざんよがんじ》」というその名の通り、周囲十八町余という大きな「亀」が、ぽっかりと相模湾に浮かんで見えた。

すでに何人かの参拝者たちが、徒歩渡《かちわた》りを始めている。尻をはしょった勝道たちもその後に続き、時々ずぼりと嵌《は》まりそうな危うい足元に気を配りながら、江ノ島へと渡る。

ここから島までは十一町。

まだ少しあるが、目の前にこうして確実《はっきり》と見えているのだから、どうということもない。途中、右手遥か遠方に富士の山が黒々と映った。天気の良い日には綺麗に臨めるそうだが、今日は少しぼんやりしている。

「そういえば、あんた」お初が、いきなり足を止めた。「今更だけど、大変なことに気づいたよ」

「何だ」

立ち止まって尋ねる勝道に、お初は心配顔で云う。

「弁天様は、とっても嫉妬深いから、男と女が二人だけでお参りすると罰が当たるって」

「つまらねえ迷信だ」

「でも、皆がそう云ってるよ」

「天女も弁財天も市杵嶋比売も、心優しい神様だ」

「本当《ほんと》かい」

「本当だ。こう見えても俺《おり》ゃあ、元坊主だ。坊主の云うことは間違いない」

「確かに物は良く知ってるけど……でも、破戒僧《はかいそう》だろう」

「べらんめえ」

いきなり江戸弁で怒鳴る。

「こちとらは、親鸞聖人様の浄土真宗だ。何をしたって『破戒』にゃならねえ」

「でもさ」お初は、勝道を疑わしそうに覗き込むと尋ねた。「この世の中で何でもありなんて、そんなことを云う坊さんが本当に居たのかねえ」

「親鸞様が居ようが居るまいが、お釈迦様が居ようが居るまいが、どっちでも構わないんだよ。それがいい、南無阿弥陀仏ってもんだ」

「また訳の分からないことを。禅問答《ぜんもんどう》かい」

「禅じゃねえよ。浄土真宗だ」勝道は答える。「大概《たいがい》の罪を犯したって、それを認めて素直に阿弥陀様にお縋《すが》りしさえすれば、最後は誰だって成仏できるってこった。『飾る所なき姿にて侍《はべ》らんこそ、浄土真宗の本願』――ってわけよ」

ふうん、とお初は感心したように勝道を見た。

「あんたはやっぱり大したもんだねえ。でも、こんなに物知りで学もあるってのに、どうして坊さんにならなかったんだい。もったいないじゃないか」

「そいつが……」勝道は顔を曇らせる。「分からねえんだ」

「分からないって」

「詳しい経緯《いきさつ》は覚えちゃいないんだ。いや、これは本当だ。前にも言ったろう。大方《おおかた》、寺の坊主と喧嘩したか何かだろうよ」

「まさか人でも殺《あや》めたんじゃないだろうね」

冗談めかして云うお初を見て、

「馬鹿なことを云うもんじゃねえ――」

と笑って否定しようとしたが、
息が詰まった。

何だ、この息苦しさは。

間違っても自分がそんなことをするわけもない……はず。

なのに、この不快な気分はどうしたことだ。

思い出そうとするだけで背筋《せすじ》がぞくぞくする。

ひょっとすると自分は、とんでもない事をしでかしたのではないか。

そしてそれが、もしかすると「ぬっぺっぽう」と繋がりがあるんじゃないか――。

考え込む勝道の隣で、お初が明るく云った。

「若かったんだねえ。喧嘩早《けんかっぱや》くって。その頃は随分と真面目で真っ当だったんだって証拠だね」

「おうよ」今度はいきなり総州弁で応える。「お前と逢うまではな。出逢ってから、こんなになっちまった」

「そりゃあ悪かったね」

お初はわざと怒り、ぷいっと横を向く。

島は、もう目の前だ。

江ノ島は「公界《くがい》」の地。

領主からの諸税・諸役の免除、主従関係からの解放、貸借関係の消滅など、世俗との人間関係を拒絶することができる、世間から隔絶された「霊地」だ。「伊勢《いせ》にする」――つまり「何もなかったことにする」という言葉がある伊勢の神宮に近いかも知れない。

そういった理由からだろうか、同じように俗世間から隔絶された世界であり、「公界」と同時に「苦界《くがい》」と呼ばれる新吉原から多くの参詣者が訪れ、青銅の大鳥居が奉納されるまでになった。

ところが、江ノ島に新吉原のような「遊郭」があったのかといえば全く逆で、島内は「霊地」であるため、そのような物は一つも存在していない。かえってそれが人気となり、若い女性の町人が多く訪れるようになった。しかも江戸から一泊ほどで行くことができる。誰もが気軽に参詣できたため『誹風柳多留《はいふうやなぎだる》』にも、

江の嶋を見て来た娘　自慢をし

などという句が載っている。それ程、庶民的な場所となった――。

勝道たちは、太い柱の袂《たもと》に「新吉原」と刻まれた惣《そう》鳥居をくぐると、すぐ左手に店を広

げている「絵図屋」で島の絵図を買い、それに目を落としながら歩く。

参道の両脇には、茶屋や旅籠《はたご》や土産物屋が隙間なく軒を連ねていた。

まだ朝早いというのに、土産物屋では、江ノ島名物の桜貝を始めとするさまざまな貝細工を店先に並べ始め、茶屋では湯を沸かし、饅頭を蒸す白い湯気が立ち上っていた。そんな店屋や旅籠に一時《いっとき》荷物を預ける旅人たちも多く見られたが、勝道たちはそのまま進む。

坂を登った右手に「岩本院《いわもと》」の大きな建物が見えた。

かの大田南畝《おおたなんぽ》――戯作者《げさくしゃ》で狂歌師の蜀山人《しょくさんじん》も逗留し、相模湾の向こうに望んだ富士の山の歌を詠んだという、有名な宿だ。

もともとここは「中《なか》之坊」と称して、荒くれの修験者たちが寝泊まりする宿坊だった。「中の坊」というからには、当然「上《かみ》之坊」「下《しも》之坊」を持つ別当寺《べっとうじ》――神社内に設けられた寺があったわけだが、やがて岩本院が、それら全ての寺を支配下に置いた。更に、島の裏側にある岩窟――鎌倉時代の僧・文覚《もんがく》上人たちが籠もったという「本宮岩屋」も支配下に置き、江ノ島にある全ての寺の神仏祭祀と管理を主導する「総別当」となり、江ノ島そのものを意味する「江島寺《こうとうじ》」と呼ばれるまでになった。

その後、真言宗御室《おむろ》派・門跡《もんぜき》寺院の仁和寺《にんなじ》末寺の地位を獲得して「岩本院」と名を改める。ちなみにこの院は――浄土真宗同様――肉食妻帯が許される希有な「坊」である。

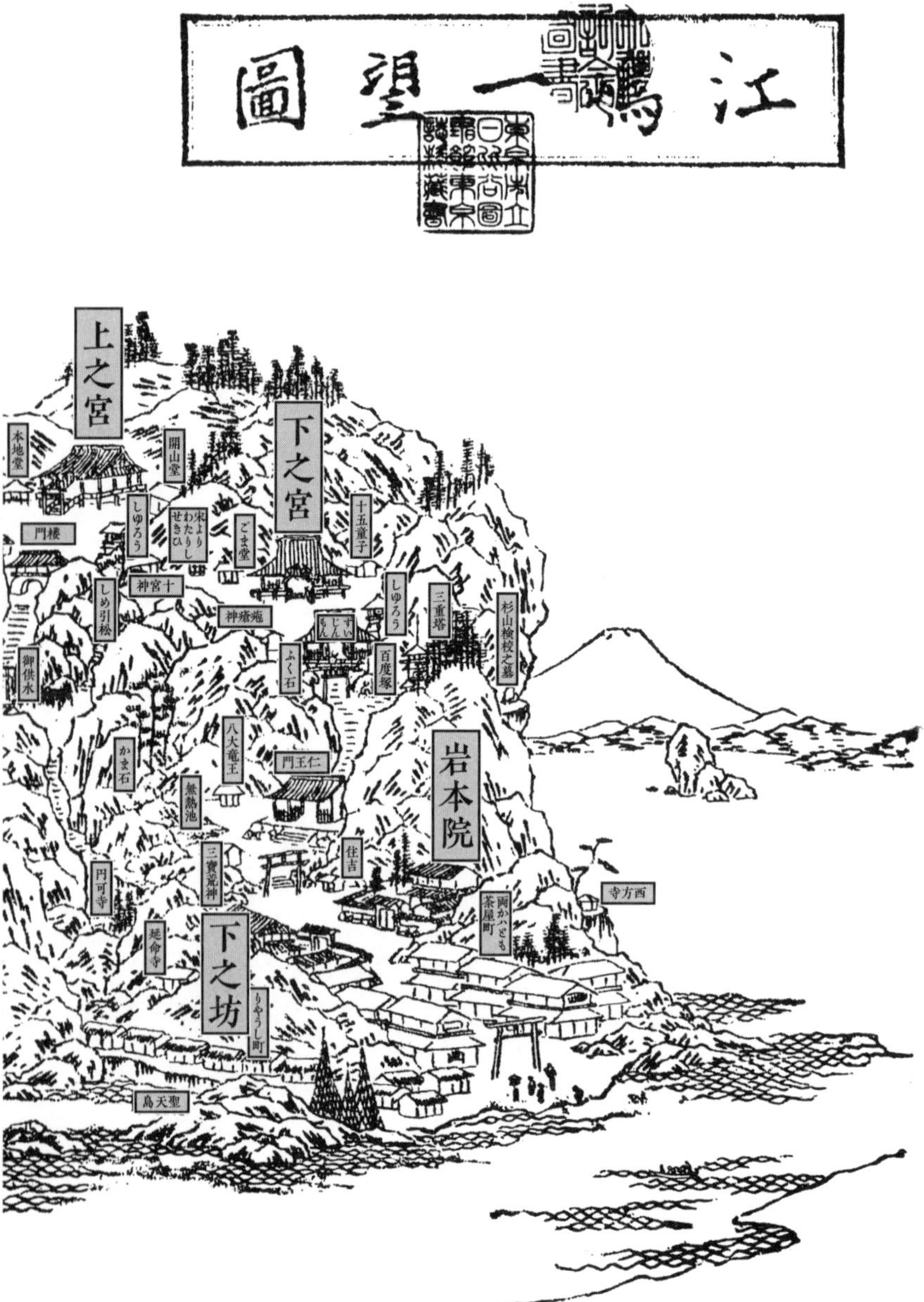
江嶋一望圖
上之宮
本地堂
開山堂
下之宮
十五童子
しゆろう
宋よりわたりしせきひ
ごま堂
楼門
十宮神
疱瘡神
しめ引松
しゆろう
三重塔
杉山検校之墓
すいじんもん
ふく石
百度塚
御供水
八大竜王
仁王門
かま石
無熱池
岩本院
住吉
三寶荒神
円可寺
西方寺
両かハども茶屋町
延命寺
下之坊
りやうし町
聖天島

御旅処
求聞持堂
くハんをん堂
堂山開
門楼
しゆろう
此ところの
さかいを
山二つといふ
仁田四郎が
ぬけ穴有
護摩堂
十一いなり
茶や
一へん上人成就水
茶や
上之坊
ちごがふち
本宮岩屋
三天
竜池
まないた石
鵜の嶋

また、この辺りには紀伊國屋《きのくに》、北村屋、惠比壽屋《えびす》などの旅籠屋が沢山《たくさん》あるにも拘《かか》わらず、江戸からやって来る旦那衆は、殆ど全員が岩本院に泊まる。これは、岩本院の御坊《ごぼう》たちの弘通《ぐつう》——弁財天信仰の普及の為の働きと、この院が江戸の弁財天の出開帳を取り仕切っているためだった。

岩木院を過ぎると、朱塗りの鳥居と仁王門が現れた。

二人は軽く頭を下げてくぐり、そのまま息を切らして急坂を登れば、杉山検校《すぎやまけんぎょう》の墓と「福石《ふくいし》」が見えた。

杉山検校は、名を和一《わいち》といい、慶長十五年に伊勢の津《つ》に、侍の子として生まれた。しかし、幼い頃に伝染病《はやりやまい》で失明したため、鍼術《しんじゅつ》で身を立てようと江戸に出たものの、技術の方はさっぱりだった。思い余った和一は人伝えに弁財天の霊験を聞き、江ノ島の洞窟に籠もって二十一日間の断食祈願をした。ついに満願の日、よろよろと洞窟を出た和一は、この場所まで来て石につまずく。その時、竹筒に入っていた松葉が掌に突き刺さった。これが杉山流・管針《くだばり》の発明となり、やがて徳川五代将軍・綱吉《つなよし》の病をも治し「総検校」という盲人としての最高の栄誉を与えられることとなった。そのため今では、江島明神参詣者たちは、必ずこの「福石」にお参りし、検校の幸運にあやかろうと、近くで何かしら拾って帰るのだという。

勝道たちも二人で墓と福石に手を合わせて拝み——お初は何か拾って帰りたそうだった

が——先を急ぎ、ようやくのことで下之宮に着いた。

だが、何と云うこと。

弁財天御開帳は先月一杯で終わっていた。今月からは、ごく普通の参拝だけだった。噂に聞く御開帳の割には参詣者が多くないと思ったが、そういうことだったのか。

「もう、駄目だねえあんたは」お初は呆れ顔で云った。「何が居開帳してるだよ。全く、何を云ってるんだか」

「いいじゃあねえか」駄目という言葉に激しく反応した勝道は、声を荒らげた。「また出直せばいいだけの話だ。弁財天は逃げやしないし、その弁天様見物が目的でここまで来たわけじゃない」

正直に云えばそれも少しあったが、口にはしない。

「元はと云えばお前の——」

「分かってるよ」お初は苦笑する。「私《あたし》の為《ため》だものね。有難《ありがた》くお参りするよ」

二人は拝殿前まで進むと、揃って手を合わせる。その横には、かの北条時政《ほうじょうときまさ》が、この島の弁財天から授かったという「三つ鱗《うろこ》」の神紋の描かれた幟《のぼり》が、折からの海風に勢いよく翻《ひるがえ》っていた。

お初は、とにかく悪夢とぬっぺっぽうを払って下さいと祈り、一方の勝道はといえば、まさか「ぬっぺっぽうが恐い理由を教えて下さい」とも祈れぬから、とにかく不吉な事が起こりませんように、と祈った。

　お参りが済むと、隣に祀られている弁財天随侍《ずいじ》の、金財《こんざい》童子、愛敬《あいきょう》童子、生命《しょうみょう》童子などの十五童子にもご挨拶した。続いて上之宮に参詣するべく、更に坂道を登る。

　上之宮と本地堂を参拝すると、今度は下り坂になった。

　岩肌に建つ宿坊・上之坊を過ぎると、一遍上人が修したという「一遍上人成就水」の霊跡があり、続いて「山二つ」に出た。この場所はちょうど島のくびれの部分で、文字通り左右に山が聳《そび》え立つ景色になり、その合間から青い海を臨むことができる名勝だ。

　ここには「仁田四郎《にったしろう》抜穴」があると絵図に載っていた。穴が二つ並んでいるので「二つやぐら」とも呼ばれているようだ。

　これは、頼朝の子・頼家《よりいえ》が、獲物を取り囲んで狩るという、武士の鍛錬ともされる富士の巻き狩りの際に、仁田四郎忠常《ただつね》に命じて、山の麓《ふもと》の洞窟――人穴《ひとあな》を探索させたところ、ここまで通じていたという伝説に基づくのだという。富士の麓からここまで何十里あるのか、想像もつかない話だ。

　そこを過ぎると、頼朝が奉納したという鳥居が聳《そび》える、本宮御旅所《おたびしょ》だ。

　一体、どうやってここまで運び上げたのだろうかと首を捻ってしまうほど立派な鐘が下がっている鐘楼《しょうろう》を眺めていると、お初は余程「ぬっぺっぽう」の坊主が恐かったと見えて、その近くに建つ求聞持《ぐもんじ》堂、開山《かいざん》堂、観音堂と、一つ残さずお参りした。

ここまでやって来たのだから当然、本宮岩屋まで向かうと決めて崖を下ることにしたが、道は――それこそ源平合戦、鵯越《ひよどりごえ》の逆落としのように、相模湾に向かってうねりながら続いていた。

夜明け前から歩き通しで、さすがに足も疲れていたので、途中、吹きっさらしの断崖の上に店を構えている茶屋で一休みすることにした。

店に入ると二人は、さて何にしようかと品書きに目を走らせたが、勝道は、

「おう。燗《かん》があるじゃないか」などと云う。「姉さん、一合もらおうか。猪口《ちょく》は二つ。つまみに味噌《みそ》田楽《でんがく》だ」

「ちょいと、あんた」

窘《たしな》めるお初を見て、

「いいってことよ」勝道は笑う。「何やら天気も悪くなってきてるし肌寒い。島に渡って来る途中で少し波をかぶった所為《せい》かも知れないが」

確かに空模様は不穏だった。いつの間にか重たい雲が江ノ島全体を覆い始め、今にも雨が落ちてきそうだ。

「一寸《ちょっと》休んだら、降られぬうちに窟《いわや》まで行かなくちゃな。きゅっと呑んで、その勢いで行っちまおう」

「勝手な理屈をつけて――」

「良いじゃないかよ。品書きを見りゃあ、一合で八文だ。流石《さすが》に巷《ちまた》より値は張るが、徒歩《かち》渡《わた》りで舟賃を稼いでる。その分だと思やあ、ちゃらだ」

「本当にもう――」

お初は膨れたが「お待ちどお」と燗徳利《かんどっくり》が届く。その首をつまみ上げて猪口に注ぐと、勝道はお初にも勧めた。決して嫌いな方ではないお初も、

「仕方ないね」

などと云いながら口をつける。辺りはかなり冷《ひん》やりしていたので、酒が体に沁《し》みて、ほんのり温かくなる。

二人は酒を呑みながら味噌田楽と団子を食べたが、他に客がいないのを良いことに勝道は、「姉さん、姉さん」と先ほどの店の女を呼ぶ。

「まさかあんた、お代わりかい」

驚いて睨みつけるお初に、

「馬鹿云うない」勝道は苦笑いしながら徳利を振った。「まだ、こんなに残ってる」

呼ばれてやって来た女――勝道は「姉さん」と呼んだが、能の「黒塚《くろづか》」や歌舞伎の「奥《おう》州《しゅう》安達《あだち》が原《はら》」に出て来そうな、一風怪しげな白髪の媼《おうな》だ。まさかたった一人でこの茶屋を切り盛りしている訳ではないだろうが、今は一人。

「はいはい、何でしょな。お代わりかえ」

「違う違う」勝道は、顔の前で掌をひらひらと振った。「ちょっと訊きたいんだが、あれが――」

広げた絵図と見比べながら、茶屋より少し下った所、やはり崖縁《がけっぷち》に建っている、小さな石塔と碑を指差した。満ち潮になれば、すぐ目の前まで海が来そうな場所だ。

「――ここに描かれてる『ちごがふち』ってやつかね」

「へえへえ、お客さん。兒淵《ちごがふち》――稚児《ちご》ヶ淵でございますよ」

「稚児のために、どうしてあんな碑が建ったんだ」

「此の地には、ある云い伝えがございましてねえ。いえもう、幾年も前のことなんですがね――」

と、媼は皺だらけの顔に暗い笑みを浮かべながら、勝道たちに向かって口を開いた。前歯が一本欠けている。

「鎌倉の建長寺の広徳庵《こうとくあん》に、自休さんという名の、それは大層立派なお坊さんがおったそうですよ。経堂の管理を任されていたというから、偉い和尚《おしょう》さんだったんでしょう。

その自休さんがある日、百日参りで江ノ島にやって来ましてね。その際に、老僧に連れられてやはり江島明神に参詣していた美しいお稚児さん――白菊《しらぎく》さんと、ばったり出逢われたそうで。その、目にも艶《あで》やかな姿に一目惚れしてしまった自休さんは、白菊さんの容姿が何時《なんどき》も頭から離れなくなってしまったとか。修行も疎《おろそ》かになるほどだったと云いますから、余程《よっぽど》だったんでしょうねえ」

媼は「ひひ……」と嗤《わら》うと、続ける。

「でもその後、白菊さんがどなたかの下《もと》で稚児灌頂《かんじょう》をするらしい、という噂を耳にした自休さんは、矢も楯もたまらず手紙――恋文でしょうかね――を送られたけど、返事はなかった。白菊さんにしてみれば、興味が無かったんでしょうね。しかしそれでも諦め切れんかった自休さんは、わざわざ白菊さんの居る相承院まで足を運んだそうだが、どうしても逢うことは叶わず、その後も只管《ひたすら》に手紙を送り続けたそうですよ。まあ……こうなると、只《ただ》の色狂いだわねえ」

老婆は、皺だらけの顔をくしゃりと潰して吐き捨てた。

「それでな、そんな想いに応えられぬ事が重荷となってしまったんでしょうなあ。白菊さんは心を決めて一人、江ノ島までやって来ると渡し守に、

『もしも自分のことを尋ぬる人あらば、これを』

と云って――」

媼は細い目を閉じて暗唱した。

「白菊と忍ぶの里の人問《と》はば
思ひ入江《いりえ》の島と答へよ

憂き事を思ひ入江の島かげに
　捨つる命は波の下草

と二首の辞世を認《したた》めた扇子を残し、淵から身を投げてしまったんですよう。お可哀想《かわいそう》にねえ」

嫗は袖で目元を拭った。

「そんな……」話を聞いて、お初は絶句する。「だからって、何も命を捨てなくとも」

「それくらい純粋な子だったのさ」まるで見てきたかのように、嫗は答える。「姿も心も、とっても綺麗で純真な子だった」

それで、と嫗は続ける。

「後日、白菊さんが身投げした事を知った自休さんは、とても嘆き悲しんで、此処《ここ》までやって来ると、

白菊の花の情けの深き海に
　共に入江の島ぞ嬉しき

という辞世の歌を残すと、白菊さんの後を追うようにして、自分もこの海に身を投げてしまったというわけですよ。なんまんだぶ、なんまんだぶ――」

媼は、やって来る人々から何度も「稚児ヶ淵」の謂《い》われを尋ねられ、話し慣れているのだろう。立て板に水を流すように滔々《とうとう》と喋ると、海に向かって合掌した。

お初は眉根を寄せて「うん、うん……」と何度も頷き聞いていたが――。

ちょっと待て。

おかしくはないか。

勝道は顔を顰《しか》める。

今の話では、片想いした自休が一方的に白菊に云い寄り、その結果、困り果てた白菊が入水したということだった。

だが、白菊の歌はともかくとして――少なくとも自休は、白菊が情け深い、と詠んでいる。しかも、後を追って入水した。

冷たく袖にされたというのに、どうして後追いせねばならなかったのだ。あの世で逢えたとしても、嫌がられるだけではないのか。

これではまるで、片想いではなく想い合った仲だったが、此の世で上手く結ばれなかったため身投げ――心中したようではないか。というのも自休は、白菊への感謝の歌を残しているのだから。

とすれば……伝わっている話と全く辻褄が合わぬ。

首を傾げる勝道の前で媼は云う。

「ところが、あの淵から飛び込んだのは、その二人だけではなかったんですがね」

「と云うと」

「白菊さんとこの、二十五坊の坊さんがもう一人、同じ時期に」

「また、お坊さん」

へえへえ、と媼は答える。

「だからの、それ以来あの辺りは夜になると、海坊主が出たり、火の玉がぽうっと浮かんだり、海縁《うみべり》に狸《たぬき》が出たの、狐が出たの、狢《むじな》が出たの——」

皺だらけの顔の上に更に皺を寄せた。

「だからあたしたちも、陽が落ちたら成可《なるべ》く近づかんようにしとりますよ。でも、今時分だったら大丈夫でしょうから、ちょっと寄って手でも合わせて行ってやって下さいな。但し、余り海縁には近寄らんようにしてな」

「はい……」

海坊主と聞いて、ぬっぺっぽうを思い出してしまったのか、お初は自分の両肩を抱きながら硬い表情で頷いた。

勘定を済ませると、媼は、

「あの辺りは、波飛沫《なみしぶき》がかかるからね。帰りに返してくれりゃあ良いですよ」

蛇《じゃ》の目傘《めがさ》を差し出した。

お初は、それを有難く受け取る。

そう云われれば、本宮岩屋参りをしている場面が描かれた浮世絵などでは、晴れているにも拘《かか》わらず殆どの女が蛇の目を差していた。成る程、そういう理由《わけ》だったのか。

「有難《ありがと》う御座《ござ》います」

礼を云うお初に、

「こちらこそ、ありがとさんね」

媼の声を背に茶屋を出ると、勝道たちは稚児ヶ淵に向かって危な気《げ》な坂道を下った。


でもさ、とお初が足元に気を配りながら云う。

「建長寺辺りの徳の高い坊さんが、余所《よそ》の寺のお稚児さんに一目惚れなんて、そんなことあるのかねえ」

「東密《とうみつ》——真言《しんごん》密教じゃあ、高野山《こうやさん》の麓に『禿《かむろ》』って名前の土地があるくらいだから、そんなことは日常の出来事だったんだろうよ」

「禿って——」

「勿論《もちろん》、見習い中の遊女のことじゃない。おかっぱ頭の幼い男の子供ってことだ。そいつらを山の麓に住まわせて、坊主たちが通っていたらしい。女犯《にょぼん》、つまり不邪淫戒《ふじゃいんかい》を犯させぬために禿——男子と交わるってんだが、こいつもどうかと思うがな」

でも、とお初は首を傾げる。

「高野山はそうかも知れないけれど、こっちはお堅い禅宗だろ。良いのかい」

「禅僧って云ったところで、人間だ。嘘か本当《ほんと》か知らぬし、相手は稚児じゃなく女だったようだが、あの一休宗純《いっきゅうそうじゅん》禅師も『吸美人淫水』——美人の淫水を吸う、とか美人の『陰《いん》』は水仙の香りがする、とかいう詩《うた》を作ったっていうからな」

「気色の悪い」お初は顔を顰める。「本当なのかい」

「嘘か本当か知らぬと云ったろう」

勝道は、苛《いら》ついた声で答える。

「そもそも俺は、東密も禅宗も台密《たいみつ》も関係ない」

「あんたのところは良いってんだからね」

ああ、と勝道は頷く。

「『往生要集《おうじょうようしゅう》』にもある通り『淫欲はすなはちこれ道なり』で、その中にも『無量の諸仏の道あり』だから、全く構わない」

「どんな罪を犯したって、最後は阿弥陀様にすがれば救ってもらえるっていうんだね。でもさ、あんたの『何でもあり』の浄土真宗はともかく、禅寺の坊さんがそんなことしたらどうなるんだろう」

「他の宗派の話は知ったこっちゃねえや」

ぶっきらぼうに吐き捨てる勝道を覗き見て、

「どうしたんだい」お初が心配そうに尋ねた。「気のせいかも知れないが、あんた少し顔色が悪いよ」

「いや……何でもない。きっと、安酒を呑んだせいだ」

「呑んだって云うほど呑んじゃいないよ」

「じゃあ、あの茶屋で寒い中、長話を聞かされたせいだろう……」

勝道は引き攣《つ》りながら笑った。

いつの間にか辺りは、秋風どころか凍てつくような潮風に包まれている。


稚児ヶ淵に到着すると、今はまだ引き潮加減だが、満ち潮になったら波を被ってしまいそうな場所に「児淵」と刻まれた、お初の背丈ほどの塔が一基と、それよりも小さな石碑が二つ並んで建っていた。自休と白菊の供養の碑なのだろうが、余りに淋しい光景だった。二人がここから身を投げたという事実が、尚更そう感じさせるのかも知れぬ。

勝道たちは、揃って手を合わせ拝む。

海風が、びゅうと吹いた。

今までより一層、濃い潮の香りに包まれる。

どこか懐かしく、
郷愁を誘い、そして――、
引きずり込まれそうな恐怖を伴った潮風。

するとお初が、ゆらゆらと海に向かって歩き出し、崖っ淵《ぷち》近くで大きく蹌踉《よろ》けた。

「おい、お初。止《よ》せよ。危うい」

それを見てあわてた勝道が呼び止める。

近付くなと云われれば近付きたくなるのは人情だが、まさか飛び込むわけでもあるまい
――と云いかけた言の葉を呑み込む。こんな場所で、流石《さすが》に洒落《しゃれ》にならぬ。

すると、お初は振り返ってにこりと笑うと、蛇の目を杖代わりにして勝道のもとへと戻って来た。

「あんまり、海が綺麗だったからさ」

え……。

勝道は眉根を寄せる。

どう眺めても「綺麗」とは思えない。

濃い藍色の海が音を立ててうねり、恐ろしい。

もし大きな波が来たら、屹度《きっと》呑み込まれてしまうに違いない。そして、そのまま龍宮《りゅうぐう》

行きだ。

心配そうに眺める勝道を気にする様子もないお初は、供養の碑まで戻ると、その前に立ってぼんやりと塔と石碑を眺めていた――。


波飛沫に濡れた坂道を下り切り、平らな岩場に降りれば、もう海は目の前だった。二、三寸ばかり海水に浸かったごつごつとした岩場が何畳も広がり、打ち寄せる波が白い泡を立てていた。

絵図にある「まないた石」だ。

もう水は冷たいだろうに、裸の子供たちがあちらこちらで海に入っている。泳いで遊んでいるわけではない。腰まで潮水に浸かって、魚や貝や和布《わかめ》を採っている。今夜、彼らの家の貧しい食卓にそれらが並ぶのだろう。

そんな光景を横目に、お初は茶屋で借りた蛇の目を広げ、二人で冷たい波飛沫を浴びながら、濡れた岩に脚を滑らせぬよう注意しつつ先へと進む。

島をぐるりと巻くように歩いて行くと、目の前に大きな洞窟が姿を現した。勝道たちの背丈の三、四倍――二丈近くもある、高い崖の中腹を穿《うが》って出来たような暗い穴が、ぽかりと口を開けている。

「ここが岩屋かい……」

お初が呟き、勝道は、

「ああ」

と答える。

島の最奥。最終目的地。

文覚上人や時政たちが籠もったという、江ノ島本宮岩屋だ。

「この一番奥まで行ってお願いすりゃあ、お前の悪夢も綺麗さっぱり消えるだろうよ。不気味なぬっぺっぽうも一緒にな」

「……本当かい」

「本当だとも」

勝道は自分に言い聞かせるように、大きく頷いた。

《浮《ふ》の章》

自休の書簡が何通も認《したた》められた五月《さつき》の午後。

日頃から白菊の身の回りの世話係を受け持ち、自休からの手紙を白菊に届けてもくれている梅若《うめわか》と名乗る凜々《りり》しい顔立ちの童《わらべ》が突然、建長寺まで自休を訪ねて来た。知客《しか》——接待役の僧に導かれて庵までやって来た梅若に、何事かと思って応対すると、

「若君は」梅若は声を潜めて告げた。「あなたさまのお手紙に、非常に心を打たれ、今宵、密かにこちらまで」

今夜、白菊らの相承《そうじょう》院では特別に酒宴が催される予定。いつも通りの成り行きであれば、供奉僧らも全員酔って早々と寝込んでしまう。その隙を見て今夜、こちらの寺にて若君にお目通りというのはいかが——。

そう云われて、自休が断ろうはずもない。

何度も頷いて了承する自休に梅若は、念のため少し遅い刻限にしたいと云う。自休にとっても、そちらの方が都合が良い。

では後程、と言い残して梅若は二十五坊に戻ったが、自休は胸が高鳴って何も手に着かない。只管打坐《しかんたざ》どころか、ただ只管《ひたすら》、陽が落ちるのを待つばかりだった。

陽が沈んで辺りが暗くなってからも、もしや白菊たちが坊を出る様子を誰かに見咎《みとが》められ、外出を止められたりしておらぬだろうかとか、まさかそんなことはあり得ないとは思うが、夜道に迷ったりしてはいないか、怪しい者に襲われてやせぬか……などと、そわそわしつつ胸を痛めていた。

もちろん今回は知客などは頼まず、自休は約束の刻限よりもずっと早いうちから総門で二人を待った。

やがて月も中空にかかろうかという頃、ついに梅若は、約束通り白菊を伴って建長寺にやって来た。

梅若の手にしている物と思われる提灯《ちょうちん》の灯りを目にした時、自休はその蛍火のように微かな灯火《ともしび》が、真白く輝く大きな月のように感じ、天にも昇る心地になった。

総門前の弱い月明かりの下で眺めると、白菊はその名の通り菊花のような顔《かんばせ》を恥ずかしそうに伏せたまま、梅若の背後に佇んでいた。

今夜の白菊の出で立ちは、月の光に揺れるが如き白波の縫い取り模様の紗《うすぎぬ》の水干《すいかん》に、淡紅色の袙《あこめ》を重ねて羽織り、相変わらず一幅の絵のよう。しかもこの姿は、自休一人のためだけに整えてくれたのだと思うと、嬉しさの余り胸が一杯になる。

自体は早速二人を、自分の居住する塔頭《たっちゅう》・広徳庵《こうとくあん》まで案内《あない》する。勝手知ったる境内なので、余計な人目を避けるために提灯の明かりを吹き消し、物音を立てぬよう静かに庵まで進んだ。

庵の外でお待ちしていますと云う梅若を残して、自休は白菊と二人きりで部屋に入る。高鳴る鼓動を抑えながら縁近くに並ぶと白湯《さゆ》を勧め、月明かりに照らされた暗く静かな庭園を眺めて、話をする。

しかし白菊は殆ど俯《うつむ》いたままで、自休の話を聞いているのかいないのか解らなかった。そこで、江島参詣の思い出話などを尋ねてみると、生まれて初めて訪れたのだが、何やら恐ろしかったと白菊は答える。

弁財天の半跏《はんか》像を御覧になられたか、という自休の問いに、

「いいえ……私《わたくし》は」

と小さな声で首を横に振る。

それを聞いて自休は意味もなく安堵した。

更に白菊の出を尋ねると、自休と同じ陸奥国《むつのくに》だと云う。

これはまた何という邂逅《かいこう》であろうか。

「そなたも陸奥国と」

運命を感じて問いかける自休に、白菊はやはり俯いたまま、

「はい……」

と一言答えた。

会話のきっかけを摑んだように、自体は僧坊での修行の話や、宗派の違いについても話したが、建長寺に関して白菊は「建長汁《けんちんじる》」発祥の禅寺という程度しか知らぬ、まだ幼い子供だった。

そこで自休は、微笑みながら説明する。

実は、この「建長汁」一つ取っても、そこには禅の心が生きている。というのも、典座《てんぞ》――炊事係の作るこの汁は、他の料理に使った余り物全てを刻んで拵える、何一つ無駄のないようにという開山禅師の心が基になっているからである。

そんな話を、白菊は黒い瞳を見開いて、微動だにせず耳を傾けていた。

続けて禅の話などをする。

もちろん教化《きょうげ》などの目的ではなく、我々の求めているところに違いはないと伝えるためだ。禅は、

「教外別伝《きょうげべつでん》。

不立文字《ふりゅうもんじ》。

直指人心《じきしにんしん》。

見性成仏《けんしょうじょうぶつ》」

という文言で表される。

教本や言葉にとらわれてはいけない。自らの心をしっかり見つめ、自分の中に仏の声を聞く。それを、日々の暮らしに生かす。

つまり、自らが仏となるわけである――。

などと、ついつい口が滑らかになり、自分一人で喋り続けていたことに気付いた自休は、決まり悪そうに口を閉ざす。

すると白菊が、

「これからも、色々と御指導下さいませ」

小さな声で、恥ずかしそうに云い、床の上に可愛らしい手を揃えて頭を下げた。

それを目にした自休は、

「勿論《もちろん》、何時《いつ》、何なりと」

と答え、やがて細い月も傾き夜も更けた――。

僧侶間の隠語に「天悦《てんえつ》」「大悦《たいえつ》」という語がある。

「天」は「二人」と解読できるため、二人で「悦」――欲情に歓喜する、つまり男女の情交のことを云っている。同じように「大」は「一人」と解読されて、一人だけの「悦」となり、稚児相手や男色のこと。つまりここでは相手に「悦」がなく、当の本人だけが

「悦」を得ているという意味だ。

しかし。

自体の恐れとは裏腹に、白菊は「悦」してくれた。

まるでこの夜この時を待っていたかのようだった。

小さな体を震わせ、喜びの声を抑えるのに必死で。

これで三悪道《さんあくどう》に堕ちるのならば、喜んで堕ちよう。

正に「天悦」。

自体は、心から思った——。

二人はその夜、枕を交わしたのである。


やがて。

夜明けを告げる鶏の声が、辺りに響いた。

自体は、もう二度と離れぬ、誰の手にも渡さぬと心に強く思い、白菊の小さな体を壊れぬように優しく抱き締めた。

しかし、白菊の顔を覗き込めば、伏せた眼《まなこ》から、涙が止めどなく溢れていた。

それほどまでに後朝《きぬぎぬ》の別れが辛いのかと感じ尋ねると、

「実は……」

白菊は消え入るような声で告げた。

「私は、もうすぐ稚児灌頂《かんじょう》するのです」

何と。

あの噂は真実《まこと》であったのか。

自休の胸は、早鐘を打ち始める。

この白菊が――。

仏教の教えでは女性は「不浄」とされているゆえ、僧侶が女性と交わることは「不邪淫《ふじゃいん》戒《かい》」の戒律に触れてしまう。しかし、天台宗や真言宗では、稚児を「灌頂」することによって観音菩薩の化身とみなすのだ。

観音菩薩は、人々に慈悲を授ける。その慈悲の一つとして性愛があり、これは僧侶たちにも与えられる慈悲だと考える。

故に、灌頂して観音菩薩と成った稚児は、どの僧侶に対しても拒むことなく慈悲――性愛を与える立場となり、灌頂した稚児と交わることは仏に咎められるどころか、むしろ非常に「神聖な行為」と変わる――。

「そ、それで……」

自分でも解る程の震え声で、自休は尋ねる。

「そなたは、誰のもとで灌頂される御定《おんさだ》まりなのか」

「……同坊の、良慶《りょうけい》様のもとで」

「良慶、となー―」

「でも私の本心は」白菊は自休の胸に顔を埋めると、「自休さまのみの稚児でありたいのです。しかし、もうその話は進み……後戻り出来ませぬ」

そう云って肩を震わせ、さめざめと泣いた。

自休はそんな白菊を宝珠《ほうじゅ》のように抱くと、寝乱れ髪のかかる顔に向かって、

「もしも……もしも、の話だが」

微かに震える声で訊いた。

「その、良慶どのが居《お》らなくなれば、そなたは稚児灌頂せずとも良いのかな」

おそらくは、と白菊は頷く。

自休は自分の胸で熱い涙を拭う白菊を、ただじっと眺めた――。


やがて。

こうしていても切りが無い。

余人に気付かれても、何かと面倒。

自休は、まだ涙にくれている白菊を起こすと身繕《みづくろ》いさせ、庵の外で夜風に晒されながら待っていた梅若に託した。

その時、小声で尋ねる。

「白菊が、稚児灌頂するという話は真実か」

すると梅若は辛そうな顔で一言、

「はい……」

と答え、自休は更に尋ねる。

「そなたは、良慶という僧侶と消息《しょうそこ》を取れる——繋がりはあるのか」

「それは勿論……」

「そうか」

自休は硬い表情で頷くと、二人に別れを告げる。そして、まだ暗い暁の闇の中に消えて行く二人の後ろ姿を、立ち尽くしたままじっと見送り——。

生まれて初めて、人を殺《あや》めようと決心した。

《智《ち》の章》

満潮になったら限《ぎ》り限《ぎ》りまで海面が来るのではないかと思える場所に、波飛沫《なみしぶき》を絶え間なく浴びながら「本宮岩屋」の入り口が開いていた。

片瀬の浜から海を渡って江ノ島に入り、弁財天をお参りしながら山を登って降《くだ》って「山二つ」を過ぎ、また登って御旅所まで行き、そこからもう一度降って「稚児ヶ淵」を通り、勝道《しょうどう》とお初《はつ》は海縁《うみべり》のここまでやって来た。

大層な道行《みちゆき》だ。

だが、弁財天御開帳の際には、この窟《いわや》入り口まで、大勢の参詣者で列が出来るというのだから驚く。中途半端な物見遊山では、とてもここまで来られないだろう。普通であれば大抵の参拝者は「下之宮」「上之宮」から、せいぜいが「御旅所」くらい。この窟までやって来るのは——勝道たちのように、余程の祈願がある人間だけだ。

勝道は、入り口脇の台に置かれた古い木箱に一文入れて、紙燭《しそく》を買う。隣に置かれている火打ち石で紙燭に灯を点《とも》し、木箱の横に並んでいる小さな手桶を一つ取ってその中央に立てると、取っ手を摑《つか》んで目の前に翳《かざ》しながら進む。

最奥部には「富士や月山《がっさん》の山まで通じる地下穴」があり、その穴から風が吹き上がって来るのだと云う。その冷たい風を直接受けてしまうと火がすぐに消えてしまうため、手桶の縁《ふち》には、紙燭を包み込むように風除けの紙が立っている。

だが中に入ると、そんな紙燭の灯りでは、ただ足元をぼんやり照らす程度。ほんの二、三間《げん》先は真の闇だ。

しかも時折、
ぴしょり……。

ぴしょん……。

ぴしょり……。

天井から氷のような雫《しずく》が、冷たい音を立てて落ちてくるので、お初は蛇の目を差したまま。勝道も手入れの行き届かぬ月代《さかやき》が冷たくて、頭に手拭いを被って歩く。

石壁の所々には紙燭が灯っているので何とか道は分かるものの、その頼りない明かりは足元まで届かない。

すぐ横には窟の湧き水を湛えた川が音を立てて流れているため、気を付けていないと濡れた石を踏み、滑って足を取られる。一歩間違えば、川に落ちてしまうかも知れぬ。それ程の深さはないだろうが、間違いなく水は冷たい。

お初は勝道の腕《かいな》にしがみつき、無言のまま前だけを見つめて歩く。しがみつかれた勝道も、この暗がりの中、湿っぽく硬い岩の道を転ばずに歩くので精一杯。

窟の中は勝道たち二人だけ。

空気が濃く重たく、全身に絡みついてくる。

どうやら一本道のようだから迷うことはあるまいが、所々、ぽうっと照らされた暗い道を只管《ひたすら》進んで行くと、

〝ここは、あの世と此の世の境なのではないか〟

そんな妄想まで抱いてしまう。

死んで黄泉《よみ》の国へと旅立ってしまった伊弉冉尊《いざなみのみこと》に会うために、伊弉諾尊《いざなぎのみこと》が通ったという、現世と黄泉との境の、黄泉比良坂《よもつひらさか》――。

そう思えば、正面から吹き付けてくる風が通じていると云う富士も月山も、死者の霊魂が集《つど》う山ではないか。

どちらにしたところで――黄泉だ。

すると突然、

「きゃあっ」

お初が叫び、その声が窟に谺《こだま》し、勝道も思わず首を竦《すく》めて立ち止まる。

「な、何だよ。脅かすない」

紙燭を向けると、

「だ、だって、あんた……」

お初は限界まで目を見開き、顔は血の気が失せていた。

「い、今、あ、あそこに――」

「ぬっぺっぽうか」

じわり……と冷や汗を浮かべながら尋ねる勝道に、お初は消え入りそうな声で答える。

「違うよ。顔を血だらけにした坊さんが」

「何だと」

「なんまんだぶ、なんまんだぶ……」

お初は、顔の前に手を合わせるとその場に蹲《うずくま》ってしまった。勝道は恐々と覗くが――岩壁には、ぼんやりと紙燭が灯っているだけで良く見えない。

「どこだ」

「だから、あそこだよ」

顔も上げずに、ぶるぶると震える指で差す。

しかし何もいない。

確かめようと近づく勝道の袖を握って、

「止しなよ、あんた」

泣き出しそうな声で懇願する。

しかし勝道は、お初を引きずるようにして進む。

そんなものが居て堪《たま》るか、もしも居るならこの目で見届けてやる、という好奇心と、しかし万が一にでも本当に居たらどうしよう、と云う恐怖心……。

勝道は、へっぴり腰で岩壁に近付き、お初は固く目を閉じたまま、ひたりひたりと一歩ずつ勝道の後に続く。

すると、
勝道は、ほっとしたようにお初を見て、

「こいつだ」まだ引き攣《つ》った顔で云う。「この石像だ」

紙燭で照らす先の岩壁には、人身大の地蔵菩薩の像が刻まれていた。優しそうな顔をした地蔵だ。

勝道は、こっそりと冷や汗を拭いながら笑った。

「『幽霊の正体見たり枯れ尾花《おばな》』ってやつだな」

「違うよ」お初は、眉根を寄せたまま首を横に振る。「もっと恐い顔をしてた」

「気のせいだ」

「そ、それに、顔に赤い血が」

「天井から落ちる水に濡れた所が、紙燭の明かりに照らされてそう見えたんだ」

「透き通った水と、赤い血を見間違えるもんか」

「恐い恐いと思うから、赤く見えたんだろうよ」

「そ、そんなこと——」

「それしか考えようがねえだろうが」

「ねえ、あんた」お初は勝道に縋《すが》り付く。「戻ろうよ。もう良いよ」

「ここまで一町《ちょう》くらい歩いた。あとほんの少しだろうから、最後まで行ってみようじゃないか」

「でもさ……」

「この先にゃあ、強い江島弁財天が祀られているんだ。ぬっぺっぽうだなんて云う、お前のくだらぬ悪い夢も取っ払ってくれるさ。俺は行くぜ」

実は勝道も、膝が少し震えている。

正直云ってしまえば——ぬっぺっぽうも確かに恐いが——それよりこの洞窟自体に、得も云われぬ恐怖を感じ始めている。

昔。

文覚上人と北条時政の、たった二人の参籠《さんろう》・結願《けちがん》で、奥州藤原氏、西国平家、頼朝を始めとする源氏一族、そして北条氏以外の東国武士たち全てを滅ぼし尽くした戦いの神——弁財天を祀っているのだ。

ふと思う。

吉原を始めとする大勢の遊女たちの参拝も、実は「大勢」でなければ来られなかったんじゃないか。開帳されて沢山の参拝者が集まっていないと、とても一人二人じゃ、ここまで来られなかったのではないか。

そう思えば、そんな恐ろしい神と対峙して、一人で暗くじめじめした洞窟に籠もって祈るという行《ぎょう》も凄い。勝道なら、二日と耐えきれずに逃げ出してしまうだろう。

そしてそれは、今も同じ。

一人だったら、間違いなくここらへんで引き返しているだろうが、お初と二人なので、そんな事は口に出せぬ。またいつもの、空威張《からいば》り癖だ。

「さあ、行くぞ。それともここで待ってるってのか」

「分かったよ……」

お初は渋々応えると、再び勝道の腕を強く握り締めて歩き始めた。

進むに連れて両側の壁が少しずつ迫り、道幅は段々狭くなってくる。入り口ではあれほど高かった天井も段々と低くなり、お初は蛇の目を閉じた。

一方の勝道は、先程から腰をやや屈《かが》めながら歩いているが、被った手拭いにも岩肌が触れそうだ。

少し先で道が二股に分かれていた。勝道は絵図を広げ、紙燭の明かりで道を確かめようとしたが、そこには「本宮岩屋」と載っているだけで、内部の道については何も描かれていない。左右どちらに進んでも、結局最後は行き止まりだろうから、来た道を戻れば良いのだろうが——不安だ。

勝道が躊躇《ためら》っていると、

「あら」お初が腰を屈めて紙燭で照らす。「こんな所に立て札があるよ」

「なにい」

勝道が、その頼りない明かりで覗き込めばそこには、

「分《わか》れ道は、此の先にて合流しており候」

と、下手くそな文字で書かれていた。

「何だよ」勝道は、ほっと安堵して嘆息した。「どっちに行こうか、考えちまったじゃないか」

「どっちに行っても同じだってさ」お初は勝道を見上げると、強張《こわば》った顔で笑った。「相変わらず、心配性だねえ」

「ばっ、馬鹿を云うんじゃねえよ」本心を言い当てられて、勝道は憤《いきどお》る。「どっちが近道か、それを思案していたんだ」

「本当かね」

「当たり前《めえ》だろうが」

勝道は怒ったように呟き、先へと進む。

やがて。

合流地点を過ぎて少し行くと、前方にぼんやりと灯りが見えた。

明るさからすれば、紙燭ではなく蠟燭《ろうそく》だろう。その柔らかい灯りが、地下から吹き出して来る風に、ゆらゆらと大きく揺れる影を作っている。

どうやらそこが、この窟の行き止まり——最奥部らしい。

近付いて行くと、大きな紙の衝立《ついたて》の付いた燭台に、太い蠟燭の火が赤々と点っていた。

前後左右に揺れる灯りの傍らには、こちらに背を向け正座している黒い人影が見えた。

勝道は、どきりと足を止め、お初は勝道の二の腕に、きゅっと爪を立てる。

吹き付ける風に蠟燭の火が、一際《ひときわ》ぼうっと大きく燃え、その灯りで眺める後ろ姿は、僧形だった。

萌葱《もえぎ》色の法衣《ほうえ》の上に紫紺《しこん》の袈裟を掛け、濡れた岩の上に敷いた円座《わろうだ》の上に正座し、風穴に向かって何やら、経か真言を延々と唱えている。勝道たちの存在にすら気付かない程一心不乱に祈っていた。

その姿を見て、

「ひょっとして……」お初は怯え声で囁いた。「まさか、私《あたし》が夢で見たあれ……」

まさか、と否定してみるものの。

そうであってもおかしくはない。

この洞窟には、文覚上人や北条時政たちの、暗く陰鬱な執念の残り香が染みついている、此の世ともあの世とも分かたぬ黄泉比良坂。

当然、こんな場所にいるのは、鬼神か魔物。

だから、くるりと振り向けば——、
血塗《ちまみ》れ坊主か、
ぬっぺっぽう。

「ば、馬鹿を云うな」勝道は、わざと吐き捨てるように云う。「そんなものが此処《ここ》にいるわけがない」

お初の言葉を打ち消すように、顔を引き攣《ひつ》らせながらも歩き出し、仕方なくお初もそろそろと付いて行く。

そんな二人の気配に気付いたのか、
僧が、ゆっくりと振り向いた——。

「きゃっ」

お初は叫ぶと勝道の背中にしがみ付き、波飛沫に濡れた亀田縞《かめだじま》の真ん中に顔を埋めた。

その勝道も膝をがくがく云わせながら、恐る恐る僧の顔を見ると――。

ほっ、と胸を撫で下ろす。

ぬっぺっぽうではない。

当たり前すぎる話だ。

洞窟の雰囲気に呑まれてしまって、考え過ぎた。

気を落ち着けた勝道が改めて眺めれば、若い僧だった。

きりりとした端整な顔には、眼耳鼻《げんにび》と口が付いている。むしろ、菩薩のように気高い雰囲気が漂っているではないか。

「おい」すっかり余裕を取り戻した勝道は、苦笑いしながら背中のお初に呼びかける。「顔を出せよ。凜々《りり》しいお坊さんだ」

「え」

勝道の背中でぶるぶる震えていたお初は、そうっと顔を出す。

「ああ……」お初の体の力が、するすると抜ける。「何だい……本物のお坊さんかい」

「決まってるだろうがよ。何か訳《わけ》ありで、ここで祈禱しているんだろ」

「私はまたてっきり、夢に出てきたお化け――」

「良く見れば、お前が云ったような、真っ黒い袈裟を掛けちゃいない。ありゃあ、紫紺の袈裟だ」

「そう云われれば……」

　お初は冷や汗を拭う。

「ああ、吃驚《びっくり》したよ」

「吃驚したのは、こっちだ。袖を引っ張るわ、腕に爪を立てるわ、背中にしがみつくわで。全くお前って奴は」

「でもさ、本当《ほんと》に恐かったんだよ」

「馬鹿野郎」

　そんな遣《や》り取りが耳に入ったのか、僧は勝道たちに気付いて振り向くと「これはこれは」と頭を下げた。

「お参りでしょうか。場所を取ってしまい、申し訳ございませぬ」

　そう云うと立ち上がり、裾長の袴に付いた砂を叩《はた》いて落とした。

「い、いえいえ」お初が、あわてて取り繕《つくろ》う。「こちらこそ、お祈りの邪魔をしてしまって……。どうぞ、お続けなさって」

「有り難うございます」

　年の頃は二十代半ば程の若い僧は、勝道たちに背を向けて正座し直すと、再び経を唱え始めた。日蓮上人もかくやと思わせるような美しい声が、窟に谺《こだま》する。

しかし。

何者なのだ。

その身形《みなり》や顔の色艶《いろつや》からして、参籠《さんろう》――この洞窟に籠もり続けているようには見えない。ただこの窟は、文覚らが怨敵調伏《ちょうぶく》のために籠もった場所。

まさか、自らの幸せや此の世の安寧を祈っている訳ではあるまい。もっと直截《ちょくせつ》的、攻撃的な願望を祈願する場所だ。

とすれば、一体何を……。

不穏な雰囲気を感じ取った勝道が、お初の手を取って戻ろうとした時、読経が止んで、僧はゆっくりと立ち上がった。そして、

「ご無礼致しました」

二人に向かって軽く頭を下げて合掌する。

その姿を見たお初が「お経は、もう済まれたんですか」と尋ねると、若い僧は再び一礼し、美しい笑顔をお初に向けた。

「お陰様で」

お初は、どぎまぎと、

「ず、随分とまた、熱心にお参りされてましたねえ」

「はい」と僧は答える。「百日参りの結願《けちがん》に向けて、こうして毎日お参りに」

「それは、大変なことで……」

いえ、と僧は微笑む。

「若君のためですので」

「若君……」

「亡くなられた、白菊様です」

「白菊って」

「鶴岡二十五坊の相承《そうじょう》院の稚児でしたが――」

「稚児ヶ淵から身を投げた」

「若君をご存知でしたか」

もちろんですよ、とお初は目を見開いて頷いた。

「ここに来る途中の茶屋で、そんな話を聞いてね。それで今さっき私たちも、稚児ヶ淵に立ち寄って拝ませてもらいましたよ」

それはそれは、と僧は再び合掌して一礼した。

「有り難うございます」

「でも、どうしてあんたが白菊って児《こ》の――」

私は、と僧はお初と勝道に向かって口を開く。

「昔、相承院では梅若《うめわか》と名乗り、若君――白菊様にお仕えしていた者です。今は、ここ江ノ島の岩本院に移って修行を積んでおります、白兎《はくと》と申す者でござりまする」

「岩本院に……」

「はい」

「この江ノ島で結願をと思い、弁財天に祈っておりました」

「そうだったのかい……。でもさ、白菊さんにお仕えしてたから供養するというのは解るが、それにしても百日参りってのは尋常じゃないよ。何か余程《よっぽど》理由《わけ》があるんだねえ」

はい、と白兎は頷く。

「白菊様が毎夜毎夜、弔って欲しいと夢に出てくるのです。とても苦しいと――」

「そりゃあ大変だが……でも、自分で海に飛び込んじまったんだものねえ」

神仏に頂戴した命を自ら捨てる。

これだけでも大罪だ。

相当あの世で修行するか、生まれ変わって大きな功徳《くどく》を積まねば、とても成仏できぬ。

しかし、

「それだけではないのです」白兎は云った。「若君は、自死以外の罪も背負ってしまっているのです」

「と云うと……」

尋ねるお初に白兎は顔を顰めて辛そうに「はい」と答えた。

「実はその時、自休禅師の他にも、若君に懸想《けそう》していたお方がいらっしゃいまして」

「自休さんの他にも――」

「若君と同じ、二十五坊の良慶《りょうけい》様とおっしゃる方で」

「鶴岡《つるがおか》のかい」

「はい。その方も若君に何《なに》くれとなく目をかけ、何《いず》れは自分の下《もと》で稚児灌頂を、と考えておられたようです。しかし若君は自休禅師の熱い想いに押し切られ、灌頂もせずに禅師と結ばれてしまいました」

思った通りだ。

白菊と自休はできていた。

しかも、稚児灌頂すらせずに。

「それを知った良慶様は、若君への想いを断ち切れず、この島の淵から身を投げた。その話を聞いて自分を責めた若君も身投げ。後日、その話を聞かれた自休禅師も同じく――」

白兎は頬に流れる涙を袖で拭った。

「しかし、それもこれも全ては若君のせい。これでは、浮かばれようもありませぬ」

確かに、三人共に成仏出来ようもあるまい。

今頃は揃って地獄の業火に焼かれていることだろう。

「ところが」と白兎は続ける。「特に、全ての原因を作ってしまわれた若君さまの罪が一番重いというのでしょうか、今居られる地獄では毎朝毎晩、針の山の上に座らされ、裸で氷の壁を登らされ、その後に猛火の中に放り込まれていると、私《わたくし》の夢の中に出て来られては泣かれるのです……」

「そりゃあ……」お初は、硬い表情で頷いた。「辛いねえ」

「はい」白兎も首肯する。「ですから私は、少しでも若君の苦痛を和らげられるよう、こうしてお参りしているのですが……」

白兎は、顔を曇らせた。

「ところが最近、若君の成仏を妨げようとする、不埒《ふらち》な坊主が現れたのです」

「不埒な坊主というと——」

「話に聞けば、自休禅師の遠い親類とか。自休禅師が成仏できぬのは白菊の所為《せい》だ、白菊さえ居らねばこんな事にはならなかったと云い、私の祈禱を邪魔立てするのです」

「そりゃあ確かに、原因を作ったのは白菊さんかも知れないが、強く懸想したのは自休さん自身だろう。酷い云い掛かりだね」お初は憤る。「とんでもない坊主だ」

「貴女様も、そう思っていただけまするか」

「ああ、勿論だよ」

その言葉に白兎は「ありがとうございます」と、上目遣いの蕩《とろ》けるような視線でお初を見た。

「では、申し訳ないのですが、一つお力をお貸しいただいてもよろしいでしょうか」

「あ、ああ……私に出来る事ならね。難しい事じゃなけりゃ、構わないよ」

先程、白兎を幽霊だ何だと勘違いして大騒ぎしたことに負い目を感じているのだろう。お初は大きく頷いた。

「どうということもないのです」白兎は答える。「その悪業《あくぎょう》坊主は、若君が成仏できぬよう、結界《けっかい》を張りました。この窟の入り口です。それを、私の代わりとなって壊して欲しいだけです」

「代わりって……あんたじゃ無理なのかい」

「岩の上なので、背《せ》が届かないのです。見れば貴女様は蛇の目をお持ちだ。それがあればきっと届く」

「岩本院の坊さんたちに頼んだら良いんじゃないかい」

実は、と白兎は答える。

「私が若君に仕えていたことは、院には内緒なのです」

確かに、ここ江ノ島では白菊・自休の話は余りにも有名。その白菊に仕えていたともなれば、いらぬ話にああだこうだと付き合わされてしまうに違いない。

お初もそう感じたのか納得したように、

「ここまで来たら、乗り掛かった舟だ。私が手伝ってあげるよ。その悪業坊主が張った結界を壊せば良いだけなんだね」

と云って勝道を見た。

「あんたも付き合ってくれるだろう」

嫌だ――とは云い出せない重い空気だった。

この男は怪しい。

何かを隠している。

それを、決して気取《けど》らせまいとしている。ここは力を貸すべきではない。

だが、お初は、すっかり乗り気になっていた。

すると白兎は、

「このような事で見知らぬ貴女様のご慈悲にお縋りするなど」潤んだ瞳でお初を見て合掌する。「申し訳もございませぬ……」

「そんなことないさ」お初は頬を染めて即答した。「構わないよ」

だが――。

勝道は不審だ。

そして不愉快だ。

お初が、こんな姿態を見せるのは久しぶり。

少なくとも勝道がお初の家に転がり込んで以来、初めての事。

お初は、魅入られたかのように白兎の顔を、じっと見つめている。まるで何かの「術」に掛かってしまっているかのよう――。


三人で窟の入り口へと向かって歩き出す。

お初はすっかり親身になり、白菊の話などを聞きながら、狭い窟の道を肩を並べて紙燭を手に進む。ついさっきまで腕《かいな》に縋り付かれていた勝道は置いてきぼりで、お初たちに続いた。

お初と白兎の距離が近すぎる。

お初は白兎の吐き出す息を、確かに吸い込んでいる。

ぴしょん……。

ぴしょり……。

ぴしょん……。

冷たい雫が首筋に落ちて、勝道が思わず首を竦めた時、窟の入り口が見えた。

紙燭の火を吹き消して外に出れば、いつの間にか一面は、どんよりとした雲が空を覆い、海も白く大きな波飛沫を上げて不穏にうねっていた。潮風も冷たく頰を打つ。

だが、相変わらずお初は、親しげに白兎に寄り添って話し続けていた。

何をやっているんだ。

苦り切った顔で勝道は、その様子を見つめる。

こんなことなら、わざわざ此処まで来ることなどなかった。そもそもお初のために江ノ島までやって来たというのに――。

顔を顰めている勝道の前で、

「あれです」

白兎は指差した。

云われて目をやれば、窟に入る時には気付かなかったが、入り口右手向こう側の岩壁上方に、波に洗われて自然に出来たのだろう、小さな台を造っている岩があった。勝道が手を伸ばしても、全く届かぬか程の高さだ。

そこに、人の頭ほどの大きさの石が載っており、注連縄《しめなわ》が巻かれ、白い紙垂《しで》が四枚、今にも千切れそうな程、潮風に棚引いている。

「あの石を落として、注連縄を外して欲しいのです」

「そんなこと云ったって」お初は、白兎を見ると流石《さすが》に眉根を寄せた。「勝手にそんなことをしちまって、罰《ばち》は当たらないかい」

「罰も何も悪業坊主が勝手に拵えたのです。白菊様のためにも、お願いします」

「でも、あそこなら、あんたでも登れるんじゃないか」

「私は、百日参りの祈禱で、すっかり膝を痛めております。岩場に坐りっ放しでしたので、海水に濡れて滑る岩壁は、とても登れません」
怪しい。
こいつは訝《いぶか》しい。
勝道がお初を止めようとした時、
白兎に睨まれた。
ぞっ……と背骨の真ん中を冷たい物が走る。
全身が総毛立ち、何がどうしたんだと手を動かそうとしたのだが――。
金縛りに遭ったようで指一つ動かない。
まるで棺桶の中に閉じ込められてしまったようで、身動き一つ取れぬ。
何が起こったのだ。
お前は俺に何をした。
白兎に向かって怒鳴ろうとしたが――。
声が出ない。金魚のように只《ただ》ぱくぱくと口を動かすだけ。
矢張《やは》り。
白兎と名乗るこいつは。
坊主どころか人でもない。
魔物だ。

そいつに関わっちゃ駄目だ。離れろ——。

こめかみを、冷たい汗が一筋流れる。

そんな勝道に気付きもせず、

「ねえ、あんた登ってよ」

とお初が云う。

勝道はその場に立ち竦み、引き攣ったまま首を横に振るばかり。

「立派な男が二人も揃っていながら……仕方ないねえ」

お初は苦笑いすると着物の裾を捲《まく》り上げて「よいしょ」と岩壁に脚を掛けて白兎の頭の辺りまで登った。

白兎に持たせていた蛇の目を受け取り、注連縄の巻かれた石を突く。

おい、止せ。

お初。

止めろ。

駄目だ。

それに触れては。

そいつを外しちゃ——。

しかし、

がらり……と大きな音を立てて、石が注連縄ごと転がり落ち、紙垂も外れて潮風に遠く飛ばされて行った。

「これで良いのかい」

危なっかしく岩から降りて尋ねるお初に、

「はい」

白兎は答えたが、今までとは声が違う。

窟の中で耳にした、良く通る透明な声ではない。

くぐもった、地の底から聞こえてくるような、笑いを押し殺した声だった。

ざぶん――。

波が足元まで押し寄せ、波飛沫が三人を包む。

「ありがとうございます……。これで、明日《あす》からの私の祈禱によって、若君の霊も浮かばれましょう」白兎は深々と頭を下げる。「お力添えには、心より感謝致します……」

「ど、どういうことはないよ」

お初は答えたが、さっきまでとは違う、異様な雰囲気を感じ取ったのだろう。一歩身を引いて白兎を見た。

「ま、また何かできることがあったら云っとくれ。じゃあ、私たちはこれで――」

「それは淋しい」白兎は舐めるような目でお初を見て、にたりと笑った。「あとたった一つ……。一つだけお願いが」

「な、何だい」

「簡単なことです」

云うや否や、何処に隠し持っていたのか荒縄を取り出して、あっという間にお初の体に巻き付けた。驚いたお初が藻掻《もが》くが、荒縄は緩みもせず、お初の体に食い込んでいる。

「なっ、何をするんだよ」

叫び声を上げるお初に、白兎は静かに答える。

「このまま、静かに生贄《いけにえ》になっていただきたい」

「何だって」

「贄《にえ》です。この海に棲まわれる龍神への、捧げ物になっていただきたい」

「冗談は止めなよ」

「冗談……」

白兎は首を傾げた。

「私は今まで、冗談など一度も口にしたことはございませぬ」

云うと同時に、お初の体を岩場に引き倒すと、波が洗う岩場を引きずる。

「痛いっ」

声を上げるお初を見下ろすと、白兎は優しく声を掛けた。

「もう少しです。少しの間だけ、辛抱して下さい。海に入ってしまえば、すぐ楽になりますから」

「止めとくれってば。あ、あんたは、一体何者なんだ」

「白菊様に仕えていた梅若」白兎は冷静に答える。「そして今は、僧・白兎です」

「その坊さんが、どうして私を」

「私の飛ばした念に、感応《かんのう》されたじゃないですか」

あっ、とお初は大きく目を見開いた。

「……やっぱり、私の夢の中に出て来た顔のない僧は、あんただったのか」

「そういうことがあるやも知れません」

白兎は美しく微笑んだ。

「あの結界を壊してくれる誰かが必要だった。若君の怨念と共に必死に祈り、方々へと念を飛ばした。きっと誰かが感応してくれると思いました。すると、ようやくこうしてあなた方がやって来られ、私の望み通り、私や若君――白菊さまの念を縛り付けていた結界を破壊してくれました。それもこれも、若君が此の世に残して行かれた怨念の賜物《たまもの》」

「あんた助けてーっ」お初は勝道に向かって叫んだ。「もう一度、結界を張り直しておくれ。元、坊さんだったんだろう」

そう云われたところで――。

勝道は少しも体が動かないのだ。

それに第一、結界の張り方など知らぬ。

また、一度破られてしまった結界は、そう簡単に張り直せぬと聞いたことがある。

どちらにしたところで勝道は、何も出来ずにただ立ち竦むだけ。

白兎は、お初をずるずる引きずりながら一歩ずつ海岸線へと近付いていく。お初は、足をばたばたさせて抗《あらが》うが、何の抵抗にもならない。

「助けてっ」

お初は勝道に向かって叫んだが、勝道も先程来、必死に動こうとしている。しかし体が動かぬ。

指の一本も動かぬのだ。

「止《や》めろ……お初を返せ……」

必死の思いが天に通じたのか、嗄《かす》れ声だけは何とか口から出たが、この状況では何の足しにもなりはしない。

どうする。

どうしたら良い——。

この金縛りを解くには、真言《しんごん》だ。

光明《こうみょう》真言か、不動明王真言か。

しかし、勝道の俄《にわか》仕込みの真言では効かないだろう。

どうする。

考えろ。

考えるんだ。

お初を失いたくなければ。

そうだ、「経」だ。

「観音経」か「阿弥陀経」か「薬師如来本願功徳経《やくしにょらいほんがんくどく》」か。

だが今は、わずか二百六十文字《もんじ》程度の「般若心経《はんにゃしんぎょう》」でさえ諳《そら》じる自信が無い。

しかし、とにかく唱えなければ。

勝道は白兎の後ろ姿に向かって、可能な限りの声で唱え始めた。

「観自在菩薩《かんじざいぼさつ》　行深般若波羅蜜多《ぎょうじんはんにゃはらみった》　時照見五蘊皆空度一切《じしょうけんごうんかいくうどいっさい》——」

白兎は勝道を振り返ると、

「馬鹿者めが」大声で嗤った。「経をほんの少し聞きかじっただけの『小坊主』に何ができるか。片腹痛いわ。お前のような半端な男は、稚児にすら、な、れぬ。この女の蓮華往生《れんげおうじょう》を、黙ってそこで見ておれ」

「な……」

ばちん――。

勝道の頭の中で、大きな音と共に何かが弾けた。
今まで封印されていた記憶が、
夏の夜の走馬燈のように目の前を勢い良く流れて行く。
〝稚児にすらなれぬ〟
〝蓮華――往生――〟
記憶の底に沈んでいた顔が、
白兎の顔と重なって浮かぶ。
同時に勝道は、全てを思い出した。
封印されていた記憶が蘇《よみがえ》る。
寺での最後の夜の、記憶が。

幼かった勝道の面倒を、ずっと見てくれていた一人の僧侶。
どんな相談にも乗ってくれ、何くれとなく気を配ってくれ「兄《あに》さん」とまで呼んでいた僧侶。いや、心の底から本当の「兄」と思って接し、二人きりの時は我《わ》が儘《まま》まで云って甘えていた。

しかし。

ある夜、勝道は突然その「兄」に呼び出された。

何事かと坊を訪ねて行くと、香の焚かれたその部屋には「兄」一人。

そこに、夜具が一組。

いつもとは違う雰囲気を察した勝道は「兄」の前で正座する。

すると「兄」は、薫り高い香油で濡れている掌で勝道の肩を抱くと、耳元で囁いた。

「蓮華往生――」

「菩提水《ぼだいすい》――」

「菊座《きくざ》――」

「仈《まら》――」

そして、

「ぬっ、ぺっ、ぽう――」

様々な隠語を並べる「兄」の手が作務衣《さむえ》の胸元を割って入り、勝道の肌に触れ、その、ぬるりとした感触に勝道は全身に鳥肌が立ち、固く眼を瞑《つぶ》ってしまった。

すると、覚悟を決めたと勘違いした「兄」は、いきなり勝道を床に押し倒す。勝道が目を開くと、すぐそこに「兄」の顔が、唇があり――。

勝道は、思い切り「兄」を撥《は》ね除《の》けた。「兄」は驚き、目を大きく見開いて勝道を見た。

「稚児に成れぬと――」

その言葉を聞いた勝道は、今度は全身の力を込めて「兄」を突き飛ばす。

虚を突かれた「兄」は後ろに転がり、鈍い大きな音を立てて太い柱に頭をぶつけると、声一つ立てず、その場にへなへなと横たわってしまった。

あっ、と思った。

一瞬覗き込んだが「兄」の体は、ぴくりとも動かない。

「兄さん……」と、恐る恐る声を掛けてもみたが、何の反応もなかった――。

暗く重苦しい恐怖だけが、勝道の心と体を包み込んでいた。

勝道は後ろも振り返らず、手近な荷物を纏《まと》めると、誰にも断り無く寺を飛び出した。

その日は悲しさと衝撃の余り、涙の一粒も出なかった。

恩ある「兄」を、咄嗟《とっさ》の事とは云え、思い切り突き飛ばし、「兄」は柱に頭を打ち付けてその場にくずおれた。

無事だったか命に関わったか。

あの勢いで頭の後ろを打ち付けたのだ。

おそらく「兄」の命は――。

もう、それ以上は考えられなくなり、勝道は泣きながら震え、一晩野宿した――。

翌日から食べ物を乞う日々が始まり、明日、いや今日を生きる事で精一杯の日々を送るうちに――幸いな事にと云うのか――この体験は、勝道の記憶の奥深くに封印されて行った。あの一夜の出来事は思い出したくもなかったし、それより何より、過去を振り返る余裕すらなかったのだ。

しかし今、そんな忌まわしい記憶が、怒濤のように蘇る。

ぬつへらほふといふ物を御宰《ごさい》買ひ

という江戸川柳がある。

御宰というのは、大奥に勤める上級女中の買い物などの雑用を受け持っていた下男のこと。その御宰が「ぬつへらほふ」――ぬっぺっぽう、を買っていたという句だ。これだけでは全く意味が解らぬが「ぬっぺっぽう」は隠語で、男の「張《は》り形《がた》」のこと。自由な色恋を禁じられ、しかし我慢できぬ欲情を催してしまった彼女たちは、それを使って一人密かに自分を慰めている、ということを詠んだ句だ。鳥山石燕《とりやませきえん》の『画図百鬼夜行』の「ぬつへつほふ」を見ても一目瞭然。あれはそういう形をしている。

どちらにしても「ぬっぺっぽう」は「仈《まら》」のこと。

だからこの間、お初の口からその名前を聞いた時、封印していた過去が頭をもたげそうで鳥肌が立ったのだ。

そして——。

〝俺は……俺は……〟

白兎の云うように、稚児にも成れなかった。

そして、坊主にも。

それどころか、一人前の男にすら成っておらぬではないか。

いや。

だからこそ、

〝お初〟

お前が必要なのだ。

つまらぬ虚栄《みえ》や綺麗事は捨てて、ただお初に居て欲しい。

こんな生半可な男に優しくしてくれた、お初。

心の底では、毎日毎日感謝していたのだ。

だが、その思いを口に出せなかった。

今、こうして改めて確信する。

お前の全てが大切なのだ。

それなのに——。

ここで立ち竦んでいるだけで、何一つしてやれないとは。

口惜しく、さもしく、情けない。

居ても居なくても全く構わぬ男。

いくら口惜しがっても、足りぬ。

勝道の両眼から、涙がぼろぼろと溢れた。

「お初を……返せ」

嗄れ声で叫ぶ勝道に目もくれず、白兎は高笑いしながらお初を引きずり、海縁へと歩いて行く。

「あんたーっ」

お初の悲痛な叫び声が辺り一面に響き渡った時、
勝道の目の前を一匹の蛇が走った。

違う。蛇ではない。

ぴしりという音と同時に、白兎の動きが止まる。

何事が起こったのかと目を凝《こ》らせば、白兎の足に一本の紐が絡みついていた。

いや、紐ではない。細い注連縄だ。

誰かが端に石を結びつけた注連縄を、白兎の足目掛けて投げ、絡み付かせたのだ。それを白兎は、解《ほど》く事が出来ずにいる。

そして、そのもう一方の端は――。

勝道が視線を移すと、一人の僧侶が岩場に膝を突き、必死の形相で注連縄を握り締めていた。しかも、頭から赤い血を流しながら。

「あんたは」お初が振り返って叫ぶ。「さっき窟の中で見た――」

「まだ生きておったか。死に損ない坊主奴《め》が」

白兎が冷ややかな眼で眺めた。

本当に居たのか。

石の地蔵ではなく、本物の僧が――。

あの時、お初が見たと云ったのは、この僧だったのか――。

血塗《ちまみ》れのその僧侶は、鬼気迫る形相で白兎を睨み付ける。

「無益な殺生は、もう止《よ》せ」

「貴方は……」

問い掛ける勝道に僧侶は、白兎から視線を外さず答えた。

「拙僧は、江戸・下谷《したや》に鎮座する東叡山寛永寺《とうえいざんかんえいじ》は現龍院《げんりゅういん》の僧、湛塊《たんかい》」

寛永寺――。

比叡山延暦寺《ひえいざんえんりゃくじ》は、京の北東――鬼門《きもん》を護っている。それと同様に江戸の鬼門を護るため下谷の地に、家康《いえやす》の側近中の側近、「黒衣《こくえ》の宰相《さいしょう》」とも呼ばれた南光坊天海《なんこうぼうてんかい》僧正が開山した。故に寛永寺は「東の叡山」――東叡山と云われ、寺領一万二千石、主要伽藍三十数塔、子院三十六坊という、東都随一の規模を誇る寺院だ。

しかし白兎は、

「ふん」と鼻で嗤った。「たかだか二百年にも満たぬ浅い歴史の寺の坊主が、何を云うか」

「こ、これは」

勝道は二人に向かって、必死の形相で問い掛ける。

すると、少しだけ体も動いた。

〝動く〟

そのことに鼓舞された勝道は、震える手を伸ばして尋ねた。

「一体、どういう訳なのだ……」

その問い掛けに湛塊は、

「こ奴は白菊の怨念・妄執に取り憑かれ、魔道に落ちてしまった男――」

白兎に躙《にじ》り寄りながら答えた。

「近年、この辺りで身投げや自死が多いと聞いてやって来たれば、特に江ノ島一帯に妖気満ち溢《あふ》れ、白菊の怨念が漂っている事が解った。そこで拙僧は、座主《ざす》に申し出て江島明神に参拝し本宮岩屋を訪《おとな》い、数日前にようやくのことで結界を張り終えて白菊の怨念を封じた。ところが、この男の謀《たばか》りで、不覚にも背後より襲われてしまった」

「しかし……自休ならばともかく、白菊の妄執とは」

「逆《さかさ》じゃ」湛塊は云う。「自休が白菊を見初めたなど、只《ただ》の作り話。真実は、白菊こそが自休を見初めたのじゃ」

「なんと」

「この江ノ島で二十一日参りをしておった白菊は、百日参りでやって来ていた自休を見て懸想《けそう》した」

「白菊が……」

「そうじゃ。奴は、自休と何とか縁を結びたかったが、同行の老僧も居る手前、まさか自分からは云い出せぬ。そこで、わざと自休の目に留まるよう振る舞い、ようやく口を利《き》くことができた。その時、白菊は敢えてつれない素振りを見せたが、心中では少しも早《は》よう自分を誘ってくれることを望んでおった。自休は白菊の罠に落ちたのだ」

つまり、と勝道は目を見張る。

「白菊が、自休に一目惚れしてしまったということなのか」

「それが真実《まこと》じゃ」

そういう事だったのか。

勝道は話を聞いて得心する。

何故、白菊は「思ひ入江の島」などと詠んだのか。

あれは、二重三重に意味を持たせていた歌だった。

自休を思って、江ノ島の海に入る。

間違いなく白菊は、自休を愛していたのだ――。

合点する勝道を横目に湛塊は、じりじりと白兎に近付く。

「白菊は自休を我が物にせんが為《ため》、一計を案じた。以前から自分を気に掛けていた二十五坊に住まいする良慶という僧侶に、秋波《しゅうは》を送って心を奪った。そして、その良慶の下《もと》で稚児灌頂《かんじょう》するらしいという噂を、建長寺の自休の耳に入るまでにした。すると自休は、その策略に乗ってしまい、居ても立ってもおられず何通もの恋文を白菊へと送った」

白兎はその話を苦々しげに聞いていたが、片手にお初を抱え、脚には注連縄が絡みついているため、身動きが取れない。

そんな白兎から目を離さず、湛塊は続ける。

「やがて白菊は自休と結ばれた。お互いにとって、念願の一夜であったろう。しかし有頂天になって坊に戻れば、そこに待っていたのは良慶。当然の如く良慶は白菊を詰《なじ》った。その話を白菊は、自休との次の逢瀬でつい口を滑らせてしまった」

「何と……」

「当然の如く自休は嘆き、良慶に直談判《じかだんぱん》すると言い出した。それはそうであろう」

湛塊は皮肉な笑みを浮かべる。

「良慶は自休とは異《こと》なり、白菊を自分一人だけの稚児にしようとは思っていなかった。自休にしてみれば、その心根《こころね》も許せない」

確かに。

自分一人だけの「宝」にしたい自休と、言い寄られた結果で稚児にと考えた良慶とでは、最初から白菊に対する愛情に温度差がある。

「しかし、まさか自休の気を引くために自分から良慶を誘ったとは云えぬ白菊は、ただ只管《ひたすら》『許されよ』と止める。だが自休は、自らの手で良慶を亡き者にするとまで云い出した。どちらにせよ、自分は成仏できぬ。ならば良慶と二人、一緒に八大地獄へと落ちよう——と」

「そ、それで白菊は……」

「必ず良慶を説得する、暫《しばら》く待って欲しいと告げた。しかし自休は、説得できる訳がなかろうと云い、良慶を此の江ノ島まで呼び出して崖から突き落とすと云い張った。とても自休の決心を翻させることが出来そうもないと諦めた白菊は、覚悟を決めて策を練った」

「どんな策を……」

「良慶に、二人で死のうと持ち掛けたのだ。自休と逢って話をする前に、ここ江ノ島の淵から揃って海に入ろう、となM」

「なんと良慶と心中と——」

「勿論それは白菊の謀《はかりごと》。そう見せかけて、良慶だけを突き落とし、自分はその場で自休を待ち、一切を打ち明けた後、自休の情けに縋《すが》ろうと思っていたのであろう。一途と云えば一途。純粋と云えばその通り。まだ余りに子供であった」

悲嘆に暮れた顔つきで、湛塊は続ける。

「当夜、白菊は辞世の歌を扇子に認《したた》めて渡し守に託すと、良慶との待ち合わせ場所に行った。やがて約束通り良慶が淵に姿を現したのだが、何故、二人で死のうなどと持ち掛けたのかと良慶に問い詰められた。稚児灌頂など、天台密教では日常的に行われていたこと。それが何を今更改めて——と。当然、白菊は答えに窮《きゅう》する。その態度を怪しまれて詰め寄られ、事が発覚したと悟った白菊は、無理矢理に良慶を海に突き落とそうとしたが、崖縁で揉めるうちに、二人揃って海に転落してしまった」

「なんと」

勝道は驚く。

そういうことであったのか。

ならば、話の筋は通る。

しかし——。

ふと思って尋ねる。

「今の話は合点が行った。だが——御坊は、何故そのような事を知っているのだ」

「あの茶屋の婆《ばば》に聞いた」湛塊は答えた。「明るい月明かりの下で繰り広げられたその夜の事を、全て目にしていたらしい。但し、こ奴やわしらのような人間にしか、本当のことは云わぬ。したたかな婆じゃ」

ぴん、と張り詰めた注連縄を手繰《たぐ》り寄せ、白兎へと躙《にじ》り寄りながら湛塊は続ける。

「一方、約束の刻限になっても一向に姿を現さぬ良慶に痺《しび》れを切らした自休は、その夜は一旦自分の庵に戻った。しかし翌日になっても何の連絡もなかったので、直接二十五坊に良慶を訪ねた。すると、何と白菊と二人で心中してしまったようだという噂が広まっていた。白菊の辞世も残されていると。それを耳にした自休は、我を忘れそうになったようだが、その驚きも解る」

湛塊は苦笑する。

「二人で過ごした夜には、そんな気配は微塵《みじん》もなかったろうからな。白菊はむしろ、良慶を疎んでいたはずだ。そこで自休は、白菊恋しさの余りここ江ノ島へと足を運び、あの茶屋に立ち寄ると、婆からその夜の話を聞いた」

白菊と良慶が揉めた結果、二人して海に落ちてしまったという話だ——。

「そこで自休は、全てを理解した。これは白菊が自分の身を案じた結果、良慶と共に入水してしまったのだ、自休の手を汚させぬために、白菊は自分の身を犠牲にしたのだ、と」

「それで自休は……」

「辞世を残し、白菊の後を追うようにして淵から飛び込んだ。情け深い稚児よと云って」

白菊の花の情けの深き海に――。

共に、入り江の島ぞ嬉しき――。

そういう歌だったのか。

湛塊は白兎まで三、四尺の所まで躙り寄ると、かっ、と目を見開いて睨み付けた。

「そのような妄執に纏《まと》わり付かれたまま、白菊は八大地獄へと落ちた」

「愚か者共《ども》の自死だ」

嗤う白兎に、湛塊は問う。

「では、白菊は如何《いかん》」

「若君は可哀想だ。それに美しい。救ってやらねば成《な》るまい。私は、若君に仕えておった者。故に若君を、あの地獄から救い出す」

「それは綺麗事」

湛塊は叫んだ。

「本心は、お主の欲望であろう。白菊の怨霊を地獄より呼び戻して己《おのれ》の手中に収め、その力を以て生死を司る呪術を意の儘《まま》にせんがため」

「馬鹿なことを」白兎は目を細めると、湛塊を冷ややかに見た。「ここは弁財天の江ノ島。慈悲と愛と供養の場所――」

「知っておるに、何を惚《とぼ》けておるか」湛塊は一喝する。「寿永《じゅえい》元年に文覚《もんがく》が頼朝と北条時政に奥州藤原氏調伏《ちょうぶく》を命ぜられて勧請した弁財天は、八臂《はっぴ》。戦いの神だった」

ついこの間、勝道もお初に云ったばかり。

この島の八臂弁財天は、八本の腕を持った恐ろしい形相の神で、それぞれの腕には、弓・箭・刀・斧・杵・鉄輪・羂索、などを持っている武闘の鬼神だと――。

「その成果あって、文治《ぶんじ》三年に藤原秀衡《ひでひら》は命を落とし、藤原氏を頼っていた義経《よしつね》達も、そして奥州藤原氏も滅亡した。その神威に驚嘆した時政は、建久元年、自らこの窟に籠もって祈念した」

「時政は、北条氏一族安寧を願ったのだ」

「ははっ」湛塊は吐き捨てる。「その当時ここには、戦いの神としての八臂弁財天しか居らなかった。今のような裸形弁財天が祀られたのは、もっと後の時代のこと。つまり、時政はその時」湛塊は、白兎から視線を外さずに続ける。「自分たちの氏族――北条氏のみが生き残ることを祈ったのだ。北条氏以外の、他の氏族を滅ぼし尽くすと」

それは、事実。

東国平家だけでなく、全ての氏族を滅ぼせしめよと祈った……。

「結果、そのようになった」

湛塊は、血塗れの顔で笑った。

「時政らは、清盛たち西国平家、頼朝たち源氏、そして自分たちに力を貸してくれた梶《かじ》原《わら》、大庭《おおば》、畠山《はたけやま》、和田《わだ》、三浦《みうら》などの東国平氏たち、全てを滅ぼし尽くした。つまり、時政や政子の祖先・平 維将《たいらのこれまさ》の血を引いておらぬ者たちは、一人残らず全員が命を落としたのだ」

つまり、そういうこと。

勝道も今までずっと、自分の娘・政子を嫁がせてもいる時政が、頼朝のために土地を差し出さなかったことを「大きな謎」と感じていた。しかし時政にとって、流人の頼朝を旗印にする源氏などは、最初から使い捨ての駒だった。自分や政子の血を引く一族だけが生き残れば、それで万事良かったのだ。

だがそれでも——。

「い、今は」勝道は湛塊に尋ねる。「この島の弁財天に祈ることによって、男女の情も結ばれると——」

「それは、弁財天より先にここに居られた神々が、幸せに結ばれなかったからだ」湛塊は答える。「自分たちの仲が朝廷によって無理矢理に引き裂かれた故《ゆえ》、その悲しい怨念が江ノ島の根本にある」

そう云われれば……。

そんな話を聞いたことがあった。

神は、自分が叶わなかった望みや、自分たちを襲った不幸が我々に降りかからないようにしてくれる。それが神徳であり、御利益《ごりやく》なのだと。

たとえば——。

志半ばにして戦いや謀略などで命を落としてしまった、饒速日命《にぎはやひのみこと》や建御雷命《たけみかづちのみこと》などを始めとする多くの人々は『延命長寿』『災難除け』の神となった。時の朝廷によって、不当に財産を奪われてしまった秦氏《はたうじ》が奉祭していた稲荷神の神徳は『商売繁盛』や『金運上昇』だ。やはり朝廷によって国や土地を奪われてしまった、大国主命《おおくにぬしのみこと》を始めとする多くの人々は『国土安穏』『家内安全』の神となっている。海を治め、同時に海で亡くなったであろう海神《わだつみ》たちの神徳は『水難除け』や『海難除け』。

そして。

愛する人と無理矢理に離別させられた、ここ江ノ島の神は『恋愛成就』『縁結び』『家庭円満』の神となった。

これらは、時と共に多少変遷してこそいるが、根本的にはそういうことだ——。

「この島では」湛塊は続けた。「最初に降臨されたという天女——市杵嶋比売《いちきしまひめ》にも例えられる美しい天女が、そんな悲しい目に遭っておる」

「五頭龍《ごずりゅう》か……」

「幸せな夫婦であったにも拘わらず、結局二人は仲を引き裂かれ、天女はこの島に、五頭龍は海を隔てた腰越の龍口《りゅうこう》明神社に封じられておる。牽牛《けんぎゅう》・織女《しょくじょ》の七夕以上に、彼らの逢瀬など望むべくもない。『絵巻』や、修験道の祖・役行者《えんのぎょうじゃ》の伝説などによれば、島が出来た当初から弁財天が顕現したようなことが書かれているようだが、それは騙《かた》りだ。ここは、神々の思いが引き裂かれた悲しい島。故に、新吉原からも遊女たちが大勢訪れるのだ。しかし、やがてそんなことも忘れられてしまい、このように不逞《ふてい》の輩が現れる」

だと云って、と白兎は笑った。

「それのどこが悪い」

「お前は何人もの人々を身投げに見せかけ、この島で殺《あや》めた」

「殺めたのではない」白兎は鼻で嗤う。「生贄《いけにえ》として、神に捧げてきたのだ」

「命を奪うのであれば同じ事。上手いことその口で誑《たぶら》かしてこの辺り、あるいは稚児ヶ淵の崖に誘い込み、そこから海へと突き落としたであろう。一体今まで、何人の者たちがお前の手に掛かったのだ」

「数えてはおらぬし、覚えていても無益《むえき》」

嘯《うそぶ》く白兎に、湛塊は怒鳴った。

「そうして罪も無き人を殺め続けるとは、僧侶とは思えぬ仕業《しわざ》」

「罪無き者など、此の世の何処《いずこ》にもおらぬ」白兎は冷笑する。「誰もが罪人《つみびと》。それを生贄として、どこが悪い」

「しかも、それだけでは飽き足らず、更に今その女までも殺めようとしている」

ああ、と白兎は目を薄く開いて答える。

「今までの奴ら同様、龍神にその罪深い身を捧げてもらうのだ。少しでも早く私の——いや、我々の願いを聞き届けてくださるように」

「馬鹿を申すな。絶対に殺めさせせぬ」

「こ奴はお前と何の関わりもなかろう」

「その女は、お主《ぬし》の甘言に乗り、拙僧の張った結界を破ってしまった。このままでは間違いなく地獄に落ちる」

「このような邪淫《じゃいん》女など最初《はな》から地獄行きだわ。なれば、地獄の業火に焼かれた蓮華《れんげ》で一息に往生させせてやるのも情け」

違う、と湛塊は云う。

「蓮華は泥田に咲き、泥に染まらぬ。その女は間違いなく『玉女《ぎょくにょ》』。仏眼《ぶつがん》を持っておる」

湛塊は断言した。「此の世に仏を化現《けげん》させることのできる女」

「何だと」白兎は、お初を見て笑った。「それならば、尚更《なおさら》好都合。龍神・海神も喜ばれることであろう」

「何を云うか」湛塊は白兎を睨み付ける。「拙僧の命に代えても、その女を地獄には行かせぬ」

その言葉に勝道は、ぶるるっと震えた。

それは自分が云わねばならぬ言葉――。

そも、邪淫女とは何という言い草――。

そんな、非礼・無礼を口にする男から、何があろうともお初を護らねばならぬ。

それができなければ自分は……自分は。

「あんたーっ」

お初は勝道に向かって手を伸ばす。

「お初っ」

勝道は、よろよろと歩き出すが、それ以上の事はできない。

「助けてえっ」

お初の叫び声に湛塊が動いた。

注連縄を力の限り引き寄せる。

その勢いで、白兎の片脚が中空に上がった。

「あっ」

虚を突かれた白兎は岩場に尻餅をついて、手にしていた荒縄ごとお初を投げ出す。

お初は「あわわわ……」と云いながら、必死に岩場を這い転《まろ》びながら、白兎から離れた。すると、

「死に損ないの坊主めがっ」

白兎は怒鳴ると同時に大きな石を拾い上げて湛塊に走り寄り、血塗れの頭を思い切り殴った。同じ場所を殴られた湛塊の頭に、新たな血飛沫が吹き上がる。

「ぎゃっ」

湛塊は堪らず、握り締めていた注連縄を放し、両手で頭を押さえて蹲《うずくま》る。

「邪魔立てしおって。坊主、まずは貴様からだ」

白兎は、血だらけの湛塊を引きずると海縁まで進む。

湛塊は必死に抵抗するが、殆ど無駄だった。激しい流血で、もう力が残っていない。白兎の為すがまま。

それを目にしたお初は、勝道まで辿り着けずに震えている。

そして勝道は――。

「止めろっ」

何とか声は出せるものの、脚が動かない。

その上、失禁していた。褌《ふんどし》が、びしょびしょだ。

だがこのままでは、全員が殺されてしまう。

どうする――と云って。

何も出来ない。情けない。

こんな惨めな気持ちは初めてだ。
自分は今まで何をやってきたのか。
己の不甲斐なさと無力を身に染みて感じた時、人に出来るのは、神仏に祈る事。
ただ只管《ひたすら》に祈る事。
勝道も生まれて初めて必死に祈る。
助けて下さい。
何なりとやります。
どんな事でもします。
だからお初たちの命だけは。
この、自分の命に代えても――。
爪が食い入り血の滲《にじ》むほど両掌を組み合わせる。
がちがち震える歯を必死に食い縛り、大粒の涙を流しながら祈った。
どうかお願いします。
神様。
仏様。
弁財天様――。

ざん、と大きな波が打ち寄せた。
海縁《うみべり》に居た白兎が、それを受けてよろける。
再び、
ざん――。
ざん――。
波が岩場に打ち寄せてきては砕ける。

その時。

お初が、ゆらりと立ち上がった。

ばらり、と荒縄がほどけ落ちる。

髪も着物も、濡れて乱れたまま、
虚ろな瞳で白兎たちを見つめて呟いた。

「おん……さらすばてぃ……そわか……」

えっ。

勝道が、湛塊が、そして白兎までもが動きを止め、お初を見つめる。

何が起こったのか。

「おん……さらすばてぃ……そわか……」

弁財天の真言だ。

お初は、取り憑かれたように繰り返す。

ざん――。

波が打ち寄せ、勝道たちの全身を、すっぽりと白い波飛沫《なみしぶき》が包み込む。

だがお初は、瞬《まばた》き一つせずに唱え続けた。

やがて、ゆっくりと両手が動く。

左の掌を上向きにすると、五指を並べ揃えて自分の胸の前に置いた。

同時に五指を揃えた右の掌を、左手の上に被せるように持ってくる。

そして、右の親指と人差し指で輪を作った。

弁財天の印契《いんげい》だ。

沖から押し寄せて来る、自らの背丈を超える波を一身に受けて、お初は唱えた。

「おん・さらすばてぃ・そわか――」

更に強く唱える。

「唵《おん》・薩羅薩伐底《さらすばてぃ》・薩婆訶《そわか》」

波に押し倒されるどころか、まるで滝行《たきぎょう》を行っている修験者のように印を結んだままの姿で、一心に大きな声を上げて唱え続けた。

「唵・薩羅薩伐底・薩婆訶」――。

「唵・薩羅薩伐底・薩婆訶」――。
その時、更に大きい波が勝道たちを襲った。勝道は思わず身を伏せて岩に齧《かじ》り付く。すると、
「わっ」
白兎が悲鳴を上げた。更なる大波に打ち倒され、尚《なお》も引き込まれそうになって、必死に岩場にしがみ付いている。
一方、お初は真言を唱え続ける。
「うあっ」
白兎は叫び、その様子を眺めていた血塗れの湛塊が、お初の声に被せるように、経を唱え始めた。
「天《てん》女《にょ》妙《みょう》辯《べん》才《ざい》
令《りょう》我《が》得《とく》成《じょう》就《じゅ》
惟《ゆい》願《がん》天《てん》女《にょ》來《らい》
令《りょう》我《が》語《ご》無《む》滯《たい》
――」
これは。
「金光明最勝王経《こんこうみょうさいしょうおうきょう》『大辯才天女品《だいべんざいてんにょぼん》』」

そうだ。

寛永寺は、不忍池《しのばずのいけ》の「辯才天」を望んでいる。弁財天は彼らと親しい。

その時、暗い空を稲光が走った。

同時に轟音が響き渡り、海の上に稲妻が落ちる。

続いてもう一筋。

遥か海上に、太い稲妻が落ちた。まるで、二人の唱える真言と「大辯才天女品」が、この島の弁財天を呼び覚ましたかのように。

湛塊は全身びしょ濡れになりながらも、海の底の龍宮にも届けとばかり、血を吐くような大音声《だいおんじょう》で唱える。

「諸《しょ》天《てん》女《にょ》等《とう》集《じゅう》會《え》時《じ》
如《にょ》大《だい》海《かい》潮《ちょう》必《ひつ》來《らい》應《おう》
於《お》諸《しょ》龍《りゅう》神《じん》藥《や》叉《しゃ》衆《しゅ》
咸《げん》爲《に》上《じょう》首《しゅ》能《のう》調《ちょう》伏《ぶく》
――――」

印を次々に結びつつ湛塊が唱え終えた時、今までとは比べ物にならぬ大きな波が勝道たちを襲ってきた。まるで龍神が天から降って来たかのようだった。大地を揺るがす轟音と共に、何層もの厚い波が勝道たちに覆い被さる。

あっ、と叫んで勝道は、近くの大きな岩に必死にしがみ付く。

直後、波が引くと同時に、両腕をもがれそうな程の衝撃が走ったが歯を食い縛って何とかこらえる。その波に引きずり込まれながら、気を失っている白兎を抱え込んだまま、湛塊が大声で叫んだ。

「こ奴は、お主らの心の隙を突いたのだ。己《おのれ》を——成すべき事を知れ」

そして勝道を見て、にこりと笑った。

「唵《おん》、薩《さ》羅《ら》伐《ば》」

その言葉を残し、湛塊は白兎と共に青い波間——龍神に呑み込まれて行った。

〃天地にむらがる大蛇《だいじゃ》のかたちは、龍宮《りうぐう》に飛んでぞ。入《い》りにける〃

能『竹生島』にある通りの光景だった——。


大波が引いて行くと、海は嘘のように鎮まった。

押し寄せた波で洞窟の入り口までびしょ濡れで、岩場では魚が数匹、ぴしゃぴしゃと跳ねていた。

勝道は、息を大きく吐き出した。

命だけは、何とか助かった。

しかし——。

よろよろと立ち上がる。

「お初……」

お初は、どうした。

夢に浮かされたように、名前を呼ぶ。

勝道の目の前には岩場と石畳が広がり、
その直ぐ向こうは、海――。

見上げれば、空は何時《いつ》の間にか綺麗に晴れ渡っていた。

海は穏やかに、潮の香りを運んでくる。

先程までとは、まるで違う異国。別世界。たった今ここで起こった出来事が、白昼夢のようだ。邯鄲《かんたん》の夢を見ていたのではないか。

自分が助かったのも不思議なくらいの怒濤だった。だがお初は海縁に居て、しかも何にも摑まっていなかった。万が一にも助かってはいやしないだろう……。

勝道は魂が抜けたように、ふらふらと海に向かって歩く。

「お初……」

勝道は口の中で何度も何度も名前を呟き、よろけながら歩く。

すると、背の高い岩と岩の間に引っ掛かっている一本の傘が見えた。あれは、お初が持っていた蛇の目。

「お初」

大声で叫び、何度も転《まろ》びながら駆け寄ると――、

蛇の目の端にお初が撓垂《しなだ》れかかり、ざぶりざぶりと波に体を洗われていた。勝道は必死

に岩場へと引き上げると、体を抱え上げる。

「お初……」

呼び掛けたが声が返って来ない。

「お初。お初」

何度も呼び掛ける。

しかし……青ざめたその顔からは、何も返答がなかった。

「お初」

勝道は呆然としたまま、お初の冷たい体を抱き締めた。

最後の最後まで、何もしてやれなかった。

甲斐性のない、だらしない口先だけの男。

愛する女の一人も護れない、情けない男。

これから先、生きて行く価値があるのか。

勝道は、お初の体を抱き締めて慟哭する。

「頼む……許してくれ……本当に俺は」

泣きながら、お初の乱れた髪を何度も何度も撫で上げる。

熱い涙がとめどもなく頬を伝い、お初の顔の上に落ちた。

すると、

「あんた……かい」

お初の眼が虚ろに開いた。

え。

夢か。

奇跡か。

弁財天か。

勝道も目を見開き、大声で呼び掛けた。

「お初っ。俺だ俺だ。青山勝道だ」

「助けてくれたんだね……」

「い、いや、それよりもお前、良く――」

それ以上は言葉が出ず、びしょ濡れの着物ごと、お初の体をただ強く抱き締めた。

勝道はお初を必死の思いで背負うと、息を切らしてよろけながら坂道を登る。

途中、稚児ヶ淵で手を合わせて拝み、先程の茶屋へ。

しかし、店は閉まっていた。

裏口も固く閉ざされ、叩いて呼び掛けてみたが、全く人の気配がない。先程の悪天候で、早々に店仕舞《みせじま》いしてしまったのだろうか。

仕方ないので、借りた蛇の目を店の前に立て掛けてお礼を云うと、勝道はお初を背負い直して坂道を登る。

やっとのことで御旅所に辿り着くと、対応してくれた僧たちに、勝道は今さっきの出来事を伝えた。上野・寛永寺の僧侶と岩本院の若い僧が、たった今、窟の前で大波に呑まれてしまった——。

それを聞いた僧たちは「大変じゃ」「皆を集めよ」などと騒ぎ、法衣あるいは作務衣姿のまま、ばたばたと本宮岩屋へと向かってくれた。後は御旅所の僧たちに任せ、勝道とお初は先を急ぐ。

先程通った「山二つ」から「上之宮」「下之宮」を過ぎ、岩本院に向かって坂を降る。

「そういえば」よろよろ歩きながら、勝道は背中のお初に尋ねた。「さっきの事だ。どうしてお前は、弁財天の真言を知ってたんだ」

えっ、とお初は不思議そうな顔で勝道の顔を覗き込む。

「そんなもの私は知らないよ」

「何だって」今度は勝道が、きょとんとする。「だが、弁財天の印契《いんげい》まで結んで唱えてたんだぞ」

「いんげいいって、何だい」

「印だよ印。これだ」

勝道は立ち止まるとお初を下ろし、先程お初が掌で胸の前に結んだ形を作って見せた。

それを眺めて、

「へえ……」お初は首を傾げる。「お釈迦様なんかとは少し違った、珍しい形の手つきだねえ」

「お前、何を云って――」

ああ、とお初は、ぽんと手を打った。

「そういえば、死んだ祖母《ばあ》さんが、潮来の弁天様にお参りに行く度《たび》に、何やらぶつぶつ唱えながら、そんな仕草をしてた。私は何一つ覚えちゃいなかったけど」

それが、知らず知らずのうちに、お初の記憶に仕舞われていたということか。

勝道自身も、以前にお初に云ったではないか、

〝念ずる心の激しい時には、必ず祖先の声が聞こえてくるものだ〟

――と。

そういえば、とお初は云う。

「弁財天様に行くと思って、祖母さんにもらったお守りも持って来てたんだ」そして、濡

れた着物の胸元を探った。「ああ、良かった。無くしてなかったよ」

そう云って、襤褸襤褸《ぼろぼろ》になっている赤いお守り袋を取り出すと、中身を勝道に見せる。

それは親指ほどの大きさの小さな石で、表面には白蛇の絵が描かれていた。

「あら」お初は、残念そうに眉根を寄せた。「ちょっと欠けちゃったね。まあ、仕方ないか――」


そこから二人は並んで歩き、岩本院に到着すると、すぐに僧坊を訪ね、先程の事を伝えた。そして今、御旅所の人々が捜索に出てくれていることも。

「それはそれは」

応対してくれた僧は、合掌すると勝道たちの濡れそぼった身形《みなり》を眺めながら頷いた。

「貴方様方も大層な目に……」

「俺たちの事は良いんだ」勝道は息せき切って云う。「それより、大変な事があった」

「何でしょうか」

「今云った、上野・寛永寺の坊さんと一緒に、こちらの若い坊さんも呑み込まれちまったんだ」

「何と」僧は目を見開いて尋ねる。「その僧の名前は分かりますでしょうか」

ああ、と勝道は頷く。

「白兎って云ってたな」

「白兎……」

僧は眉根を寄せると、首を傾げた。

「その名、聞いたことがありませぬ」

「おいおい」勝道は詰め寄る。「これくらいの背丈で、色白で凜々しい顔立ちで――」

「そのような者」僧は首を横に振った。「こちらの院には、おりませぬな。何かのお間違いかと」

「し、しかしそいつは、確かにこの院の僧だと云ったんだ」勝道は、傍らのお初を見る。「なあ、お前もそう聞いたよな」

無言のまま何度も頷くお初と勝道に向かって、

「では、その方は戯《たわむ》れを申されたのでしょう」僧は安心したように微笑んだ。「此の院の誰に尋ねられても結構ですが、そのような者はおりませぬ」

「本当にいないんか」

「真《まこと》です」

僧は真顔で答えると、二人に向かって合掌した。

勝道たちは、天気が戻って人が増えてきた参道を、びしょ濡れの着物姿で歩く。茶屋や土産物屋の人間や物見高い参詣者たちから、じろじろと見られたが気にせず歩く。すれ違った旦那衆からは「大方《おおかた》、脚を滑らせて海に落ちたんだろう」などと囁かれたが——まあ、そんなもの。当たらずといえども遠からずなので云わせておく。

鳥居までやって来ると、海は満潮を迎えていた。とても徒歩渡《かちわた》りは出来ぬので、二人は舟着き場へと向かった。可愛らしい子供連れの家族も、舟を待っていた。思わず「稚児」と云う言葉が浮かぶ——。

いわゆる「稚児」は、観音菩薩の化現《けげん》なのだから、僧たちが彼らと交わるのは観音菩薩と交わることと等しいため、何の問題もないのだと云う。

また随分と身勝手なことを——と思えるが、実はそれと同じような理《ことわり》が、巫女《みこ》と交わる際に使われたのも、これまた事実。巫女は神と人の間を繋ぐ存在。故に、神が照覧されているこの世に於いて彼女たちと交わることは、何一つ問題ない……。

色々な屁理屈を考えつくものだと思う。

ところがもっと酷いのは、皇族や貴族達にとっての、白拍子《しらびょうし》だ。

白拍子は遊女同様に、彼らにとって「人」ではない。つまり、此の世に存在していない「もの」。故に彼女たちを自分の邸内に呼び入れたとしても、そこには何もいないいないから、そんな者たちと交わることは空気と交わるに等しい。故に、何の問題もない——。

無茶苦茶な話だが、いかにも人を人とも思わぬ朝廷の貴族達が思いつきそうな理だ。

二人は、やって来た舟に乗り込む。

そこでも同舟の参詣者達に、じろじろと好奇の目で見られたが、勝道たちはそんな視線を無視して、舟に揺られた。揺られた拍子に舟縁《ふなべり》を摑《つか》んだが、何の不具合もなく手が出た。そういえば、先程も、お初を背負えた。

〝これは、ひょっとして――〟

手足の指を動かしてみると、普通に動く。

もちろん、体の痺《しび》れもとっくに無くなっている。

やはりこれは……。

あの、白兎と名乗った若い僧は妖術などではなく、勝道たちに「薬」を使ったのかも知れぬ。

お初には、何でも云うことを聞くようになる「惚《ほ》れ薬」の「阿芙蓉《あふよう》」や「朱砂《すさ》」。これらは、江戸・薬研堀《やげんぼり》に店を構えている、媚薬や性具を扱う「四目屋《よつめ》」で簡単に手に入る。

そして、金縛りに遭ったように感じた勝道には、痺れ薬の「通仙散《つうせんさん》」や「河豚毒《ふぐ》」や「附子《ぶし》」などを使ったに違いない。附子は富士の麓で沢山採れると云う。そのため――嘘か本当か解らぬが――「富士」の名も「附子」から来ているという話まで有る。

それらをお初や勝道に嗅がせた。

あるいは――。

勝道は、はたと思い当たる。

稚児ヶ淵の近くの茶屋の婆《ばば》か。

あの媼が、もしも白兎とぐるだったとしたら。

白兎に頼まれて、お初に手渡した蛇の目の内側に「惚れ薬」の粉を、勝道の頼んだ田楽には「痺れ薬」を仕込んだ。だから、帰りには店を閉めてとんずらを決め込んでいた。

そう考えれば、最近何人もの参詣者が崖から「身投げ」したという話も合点が行く。薬を盛られた彼らが、突然体が痺れて脚がもつれて、急な崖からそのまま――。

〝考えすぎか……〟

勝道は苦笑する。

だが、もうどうでも良い話。

とにかく、湛塊と弁財天が二人を護ってくれた。白兎と湛塊の行方は知れぬ。自分の身はどうなっても構わなかったが、こうしてお初の身だけは無事に保ってくれた。それだけで充分。

勝道は江ノ島を振り返る。大きな島は、やって来た時と同じように変わらずそこにあり、涼しい潮風が二人の頬を撫でて行く。

勝道は、ふと思う。

今回の自分たちも、頼朝や文覚や時政たちも、そして白兎もそうだったけれど、誰もが自分たちの願いや欲望を叶えてもらいに、この島へやって来た。特に文覚や時政たちは、他人を滅ぼす祈願さえ行った。

だが、本来は違うのではないか。

この島に祀られている神々の悲しみに少しでも寄り添い、思いを馳せ、供養のために祈る。それこそが真の「お参り」なんじゃないか――。

小さな舟に揺られながら、勝道は遠く去って行く島に向かって両手を合わせる。

気持ちの良い午《ひる》の海が、勝道たちの目の前に広がっていた。

《終章》

江ノ島から戻って数日経《た》った夕刻。

今――とお初は、驚いて勝道を見た。

「何て云ったんだい……」

相変わらず雑草で埋め尽くされている庭では、虫の声が喧《かまびす》しい。その縁側に二人並んで腰を下ろしているものの、今宵は珍しく素面《しらふ》。いつものように酒は用意されているが、それに手を付ける前に、

「ああ」と勝道は今の言葉を繰り返す。「もう一度剃髪《ていはつ》して、寺に入ろうと思うんだ」

「あんた……あれからずっと考え込んでいると思ったら……」

「勿論《もちろん》」勝道は云う。「俺は浄土真宗だから、在家で修行できる。でも、その前に一度、どっかの寺できちんと修行したいんだよ。今回のことで俺は、本当に駄目な男だってことが、はっきり解った。あの時、お前に何にもしてやれなかった」

「そ、そんなことはないよ。必死に助けようとしてくれた――」

「いいや、駄目だった。自分が一番良く解ってる。きちんと修行してなかったってことがな。だから、もう一度修行する」

だがな、と勝道はお初の肩を抱く。

「修行を終えたら、必ずお前のもとに戻ってくる。そして、今までみたいにお前と暮らしたいんだ。ただ、何年かかるか分からない。二年か三年か、それとも、もっと先か……。でも、必ずきちんとした坊主になる。そしてお前と二人で、極楽浄土に行きたいんだ。あの世でも一緒に暮らしたいんだよ」

「女の私《あたし》でも、成仏できるのかい」

「当たり前《めえ》だ。そのために修行に行くんだ。そうしたら、もうずっと一緒だ」

「でも……でも……」

お初は泣きそうな顔で勝道の手を握ったが、それ以上、何も言葉が出て来ない。

そんなお初を見て、勝道はわざと云う。

「今回の江ノ島じゃあ、散々な目に遭ったが、何とか助かって良かった。本当に、弁財天様のお陰だ」

「そう云や……あの二人の坊さんは、結局助からなかったみたいだものねえ」

白兎と湛塊の遺体は、昨日、江ノ島の浜に打ち上げられたという噂を聞いた。

「白菊や自休にしても、聞けば悲しい話だったしな。鶴屋南北《つるやなんぼく》なんかが、團十郎《だんじゅうろう》辺りを看板にして芝居に書きそうな話だ」

と苦笑いしてから、思い出したように勝道はお初に向き直った。

「芝居と云やあ、二人で江戸の木挽町《こびきちょう》まで芝居見物に行かないか。何年も独りにしちまう、そのお詫びだ」

「まさか、江戸三座《えどさんざ》かい」

「もちろんだとも」

「でも、そんな大層な金子《きんす》、どこにもないよ」

「実は」勝道は照れくさそうに云う。「お前に黙って少しばっかり臍繰《へそく》っていたんだ。寺に入るんじゃ、そんな金子もいらない。だからこの際、全部使っちまおうと決めた」

「そういう訳《わけ》かい」お初は笑った。「そりゃあ勿論、嬉しいけど――」

「どこかの座で、何か面白そうな演目が掛かってるらしいじゃないか。ほら、この間お前も云ってた、稲荷がどうした狐がこうしたって、そんな話らしい」

「でも、余り急な話で、着て行く物だって……」

「何だって構うもんか」勝道は笑う。「とにかくその芝居を、お前と二人で観《み》たいんだよ。そして、幕間《まくあい》の弁当を一緒に食いたいんだ。折角だから、どこかの寺にでもお参りに行こうじゃないか。すぐ近くの本願寺《ほんがんじ》がいいか、それとも――」

勝道は、ぽんと手を打った。

「そうだ。少しぶらぶら歩いて芝まで行って、増上寺《ぞうじょうじ》はどうだ。黒本尊《くろほんぞん》でも拝んで、そのまま芝に泊まろう。あの辺りは、昔に住んでいたから詳しい」

「本当《ほんと》かい」

「しかし……」

「しかし、何だい」

心配そうに覗き込むお初の隣で勝道は、

「演目の名前を忘れちまった」腕を組んで唸った。「……何と言ったかなあ。余り聞いたことのない名前の戯作者《げさくしゃ》の書き下ろしだってえから、行ってみなくちゃ解らねえ」

「いいんだよ、いいんだよ」

お初は、胸が詰まってそれしか言葉が出ない。鼻の奥が、じんと痺れて目が霞《かす》む。嬉しい涙なのか、悲しい涙なのか、それすらも解らぬ涙が溢れてきて――。

「ただ、それが済んだら、当分は逢えない。忘れずに待っていてくれるか」

「決まってるだろう、いつまでだって。こんな良い男を忘れたりなんかするもんか」

「必ず帰ってくるからな」勝道は、お初の手を握った。「そうしたら一生ずっと、いいや、死んでもお前と一緒に――」

勝道の言葉は続いたが、お初は勝道の笑顔がにじんでしまい、もう何も見えず何も聞こえず……ただ頷くばかりだった。

芝居がはねて、江戸の宵闇

青山勝道《あおやましょうどう》は約束通り、お初《はつ》と二人で木挽町《こびきちょう》に居た。

一本真っ直ぐに通った道の両側には、屋根の上に幕府公認を報《しら》せる「櫓《ろ》」を載せた芝居小屋が、ひしめくように軒を並べ、そこかしこに「市川海老蔵《いちかわえびぞう》」や「尾上菊五郎《おのえきくごろう》」やらと、役者の名前が染め抜かれた背の高い幟《のぼり》が立ち並んで風にはためいていた。

芝居小屋の入り口の木戸の上には、上演中の演目の題名と共に、その一場面が描かれた絵看板などが所狭しと飾られていて、実に派手やかだ。通りは、老若男女を問わず大勢の見物客だけでなく、彼らの口に入る酒や料理を茶屋に運ぶ人々で大混雑している。

そんな人混みに揉まれながら、勝道とお初は歩く。

「噂には聞いてたけど、本当に物凄い人出だね」大きな目を更に丸くしてお初が云った。

「大山詣での時期だって、こんなにたくさんの人は見ないよ」

「そりゃあそうだろう」勝道は笑う。「江戸の川柳にゃ、

嫁支度　七つ前から相始《あいはじ》め

なんてのもあるくらいだからな」

「どういう意味だい」

「大抵の芝居小屋ってのは、明六《あけむ》つ頃から開演だ。だから芝居好きな嫁さんは、その一刻も前の、まだ辺りが真っ暗な暁七つ頃から出かける支度を始めてるってことだ。皆それくらい、芝居見物を楽しみにしてたってわけだな」

「なるほどねえ」

納得したように、お初は頷いた。

その「芝居」――「歌舞伎」は「傾《かぶ》き者」、つまり当時、異様な風体をして勝手気儘《きまま》に振る舞っていた若い男性たちを真似て、出雲《いずも》出身の巫女・阿国《おくに》が人前で踊った踊りが端緒だと云う。その踊りが大衆に大受けし、関ヶ原の戦いが終わった慶長《けいちょう》八年頃には、京都・北野《きたの》天満宮で興行が打たれるまでになった。

しかし当時の「歌舞伎」は、皆で踊る群舞《ぐんぶ》のような形が殆どで、しかも踊りの後は踊り子たちが観客に「買われる」のが常だった。

つまり「遊女」と等しかったわけだ。

歌舞伎と吉原が、非常に近しいと云われるようになったのも、宜《むべ》なるかなである。

だがその後、江戸幕府によって、そういった「女歌舞伎」は禁止され「遊女」たちは舞台を踏むことができなくなる。

それに代わって登場してきたのが——。

〝稚児だ〟

勝道は苦笑する。

ただ、ここで「稚児」というのは正確ではない。正しくは「若衆《わかしゅう》」だ。そして彼らもまた、観客に体を売ったため、再び幕府によって禁止された。そのために、歌舞伎役者は「野郎」——大人の男のみとなり、それが今日まで続いている……。

などと云う話をしながら歩いていると、

「ああ——」勝道は、一軒の芝居小屋の前で立ち止まった。「ここだ、ここだ」

この小屋も、やはり屋根に大きな「櫓」が置かれ、

稲荷山《いなりやま》恋者《こいは》火花《たちばな》

という題名と、その一場面が描かれた派手な絵看板が並び、その横には、役者名が大書された幟が、何本も風に吹かれていた。

それらを眺めるお初は、歌舞伎役者に詳しくないので、誰がどんな役で出ているかは解らなかった。それでも、呼び込みの声や「どんと来い、どんと来い」と鳴る一番太鼓の音を聞くと、自然と胸が高まる。

完全に「お上《のぼ》りさん」となって、勝道の後について入り口——木戸をくぐると、

「初日じゃないから、只《ただ》とはいかなかったし、さすがに桟敷《さじき》は手が出ないから、普通の席で我慢してくれ」

桟敷席は、小屋の左右と正面一番後ろに設えられた、二階席・三階席のことだ。

そこには、いかにも高価そうな着物に身を包んだ女性たちや、常連らしき旦那衆が席を占めている。酒や食事も出て席料も張るらしいし、第一そんな席に座ったら、周りが気になって気になって、とても芝居どころではなくなるだろうから一階席で充分。

そう思っていると、勝道が云う。

「でもな、花道《はなみち》脇の、土間割《どまわり》の席を取っておいた」

「えっ」

お初は驚いて、勝道の顔を見た。

土間割は、いわゆる「升席《ますせき》」だ。

その升席の仕切り板のない「切落《きりおとし》」が庶民の席になる。といっても、それでも一人六十文くらいするから、もうちょっと出せば「二八《にはち》蕎麦」が四杯も食べられる。

そこより少し上級の席——。

「まあ、良いじゃないか。これから当分の間、二人でこんな贅沢はできねえから」

勝道は、お初を見て笑った。

場内に一歩足を踏み入れれば、そこは異世界。

正面には三色の定式幕《じょうしきまく》が引かれ、その上には、屋内だというのに立派な屋根の破風《はふ》が下がっている。これは昔、歌舞伎が屋外で演じられていた名残りなのだという。当時の観客は、地べたの芝に腰を下ろして見物した。だから「芝居」なのだと――。

客席では、皆が思い思いにくつろいで、菓子を食べたり、煙管《きせる》をふかしたり、役者絵の載っている草紙に目を落としたりしていた。

お初としては、どうしても女性に目が行ってしまうが、誰もが着飾って綺麗に髷を結っている。中には珍しい髷の女性もいたが、それは贔屓《ひいき》の女形《おんながた》の役者と同じに結った髪型なのだという。

そんな話に驚きながら勝道の後をついて歩き、ようやくのことで花道脇の自分たちの席にたどり着く。腰を落ち着けたお初は、大きく深呼吸して場内の雰囲気をたっぷりと胸に吸う。途端に、嬉しい気持ちと淋しい気持ちの両方で胸が潰れそうになり、勝道の肩にそっと寄り添って開幕を待った。

やがて拍子木の音が高く鳴り渡ると、万雷の拍手や大きなかけ声と共に、ゆっくりと幕が開き、お初は固唾《かたず》を呑んで舞台を見つめた――。

芝居がはねると勝道《しょうどう》とお初《はつ》は、大勢の見物客に揉まれるようにして木戸口をくぐり、再び木挽町《こびきちょう》通りに出た。

時刻は、暮れ六つ近く。藍色の空には星がちらほら見える。芝居小屋近くの茶屋では、これから贔屓筋《ひいきすじ》が役者を呼んで宴席が始まるのだろう。その準備にてんてこ舞いで走り回っている人々を横目で眺めながら、勝道たちは木挽町を離れた。

少し歩くとそんな喧噪《けんそう》から隔絶されて、辺りの草むら一面は虫の声。東の空に顔を出した下弦《かげん》の月が、頼りなく夕空に掛かっている。そんな薄ぼんやりと明るい道を、二人連れで芝《しば》へと向かって歩く。

今日は本当に楽しかったねえ、と芝居の余韻なのか、それとも他の理由からか、お初はずっと目頭を拭っている。

「連れて来てくれて、有り難うよ」

いいやこっちこそ、と勝道が聞こえるか聞こえぬかの声で答えると、お初が尋ねた。

「今夜は芝に泊まって、明日は増上寺《ぞうじょうじ》かい」

いや、と勝道は首を横に振った。

「ちっと予定を変えたいんだ。増上寺は、このまま門前から拝ませてもらって、明日の朝は一番で行ってみたい場所ができた」

「どこだい」

「浅草は日本堤《にほんづつみ》。吉原《よしわら》だ」

「何だって」お初は驚いて声を上げる。「あんた、どうしてそんな所に――」

「吉原と云ったって、遊郭じゃない」勝道は笑った。「今の芝居の三幕目を観ていたら、その近くの寺にお参りしたくなったんだ」

「また急に……」

「江島弁財天から始まって、宇迦之御魂大神《うかのみたまのおおかみ》や市杵嶋比売《いちきしまひめ》ときて、全員が『来つ寝《きつね》』――遊女と同じ扱いにされちまってることを教えられた。道理で吉原《なか》にゃあ、お稲荷さんの祠《ほこら》が多いわけだ。しかも、もともとは立派だった姫様たちが揃って貶められ、卑しい立場に置かれてる。お前は特にそうかも知れねえが、今晩は俺も胸に応《こた》えちまった」

「確かに……そうだね」お初は、頷きながら尋ねる。「それで、明日は吉原のどこへ行くつもりなんだい」

そうさな、と勝道は云う。

「まずは、日本堤から山谷堀《さんやぼり》に出て、そのまま吉原を通り越して三ノ輪《みのわ》まで行って、浄閑寺《じょうかんじ》だ」

「浄閑寺……」

「あそこは『吉原百人斬り』で犠牲になった八ツ橋《やはし》や、身請け寸前で命を落とした若紫《わかむらさき》や、火付けの罪を被せられて火炙りになった小夜衣《さよぎぬ》などの悲しい遊女たちが葬られてる。それに、あの井原西鶴《いはらさいかく》が『一代の名妓』と呼んだ勝山《かつやま》太夫も眠ってるはずだ」

「凄い花魁《おいらん》たちばかり埋葬されてるんだね」

「いいや」勝道は首を横に振る。「そういった花魁たちは、まだ誰かにお参りしてもらえるから良いんだ。だが、名もない遊女たちも大勢『供養塔』の下に眠ってるんだよ。俺はむしろ、そんな遊女たちをお参りしたい」

「同じ『遊女』でも、私なんかとは比べ物にならないくらい、辛い暮らしだったようだからね」

「苦労はお前も一緒だろうが、悲惨さは確かに吉原の方が酷かったろう」勝道は頷いた。

「それから南へ下って、新鳥越橋《しんとりごえばし》南詰めの西方寺《さいほうじ》だ」

「世間で云う、投げ込み寺だね」

「そうだ。あそこには、かの二代目・高尾《たかお》太夫も葬られているが、何と云っても、小塚原《こづかっぱら》の刑場に引かれていく罪人を日本堤から念仏を唱えて見送っていたという道哲《どうてつ》和尚が、そこらへんに打ち棄てられていた遊女たちの遺骸を毎日拾い集めちゃ埋葬して供養した——って云う寺だからな。素通りしたら、罰が当たる」

「人事《ひとごと》とは思えないよ」お初も硬い表情で頷く。「じゃあ、明日お参りするのは、その二つのお寺かい」

「あと、もう一つ」勝道は続ける。「隅田川っぺりにある、待乳山聖天《まっちやましょうでん》だ」

「まっちやま……」

「待乳山と書くんだ。そこは、聖天様――歓喜天《かんぎてん》を祀ってるんだが、もとは『真土山《まっちやま》』という小高い山の上にあった寺だ。だがな、その寺に遊女の産んだ子供たちが大勢葬られるようになって『待乳山』って名前になったんだ。事実、境内にゃあ『子育て地蔵尊』も、いっぱい建ってる」

「えっ」お初は顔を顰めた。「じゃあ、その子たちが乳を待ってる……」

「それに聖天様は、もともと遊女たちが信仰する神様だしな。何しろ寺の紋が『二股大根』と『巾着《きんちゃく》』だ」

「そりゃあどっちも、遊女を表す隠語じゃないか――」

そういうこった、と勝道は頷く。

「その寺に、大勢の遊女たちの子供らも葬られているんだ。そこもお参りして行こう」

「そりゃあ、行かなくちゃいけないね……」

隣で真顔のまま何度も頷くお初を見ながら勝道は、芭蕉門下・宝井其角《たからいきかく》の、

闇の夜は　吉原ばかり月夜かな

という句を思い出す。月の出ぬ暗い夜に、吉原だけが明々と浮かんで見えるという句だ。しかし、闇の中で「月夜」のように輝いている吉原にも「闇」がある。華やかなものの陰には、必ず「闇」がある。

それは吉原だけに限らない。遊女や若衆が関わっていた、歌舞伎の世界も同じ。

いや、華やかさとは縁がないと思われている僧侶の世界も同じだった。ただ、殆どの人々はそれに気づかない——か、目を閉ざしてしまっているだけで……。

しかし今回、勝道たちはその「闇」に向かい合った。これもまた「遊女」にまで貶められた弁財天の御縁かも知れぬ。

そうだ、と勝道はふと思い立つ。

明日は、吉原近くに祀られているという弁財天にもご挨拶して行こう。そこもまた遊女たちや、地元の人々からの信仰厚い寺社だと聞いた。

「その後、浅草寺《せんそうじ》の近くで、何か旨いものでも食って帰ろうじゃないか」

その言葉にお初も「そうだね」とにっこり微笑み、二人は月の光に導かれるように芝への道を歩き、勝道は月灯りの下、芝居小屋で買い求めた芝居番付——筋書きを開いた。

通し狂言

稲荷《いなり》山《やま》恋《こい》者《は》火花《たちばな》
小《こ》狐《ぎつね》丸《まる》異《い》聞《ぶん》

高田山《さん》宗《しゅう》作

発端　内裏《だいり》　帝《みかど》寝所《しんじょ》の場

序幕
第一場　稲荷山《いなりやま》宗近《むねちか》宅の場
第二場　長者社《ちょうじゃしゃ》仕事場の場
第三場　雪の稲荷山の場
第四場　長者社仕事場の場

二幕目
第一場　稲荷山宗近宅の場
第二場　稲荷明神社前の場
第三場　稲荷山宗近宅の場

三幕目
第一場　長者社仕事場の場
第二場　瀧夜叉《たきやしゃ》姫《ひめ》将門《まさかど》の場

大詰
第一場　長者社仕事場の場
第二場　雪の稲荷山の場

発端　内裏《だいり》　帝《みかど》寝所《しんじょ》の場

幕が開くと薄暗い本舞台。
正面、上手《かみて》、下手《しもて》に御簾《みす》が下がり、舞台中央では、帝が眠りに就いている。
小さなドロドロ――大太鼓《おおだいこ》の鳴り物。
その音が次第に大きくなると、帝の周囲に灯っていた紙燭《しそく》の灯りが揺れ始める。
ヒュウ……という能管《のうかん》の不気味な音色。
それに続いて再び**ドロドロ**……という音に、
帝、上半身を起こす。

帝　何事じゃ（辺りを見回して）。誰かある。

　　呼ばわるが、お側の者が誰一人として姿を現さない。

　　不審に感じた帝は再び「誰か」と呼ぶが、返事すらない。


帝　どうしたことじゃ。

　　帝は白い寝間着のまま立ち上がると、四方を見回す。

　　大きなドロドロと共に、正面の御簾の向こうが、ぼんやりと明るくなり、怪しい人影が映し出される。

　　気づいた帝、

帝　なっ、何者。

　　声を上げて身構える。

　　それに応えるように低い女性の声で静かに淡々と、

龍女　我は深草《ふかくさ》、稲荷山に住まい致す龍女神《りゅうにょしん》なり。今宵、其方《そなた》に伝えたきことありて、罷《まか》りこした。

帝　稲荷山の龍女神と。

龍女　いかにも。

帝　物の怪《け》ではないのか。

龍女　物の怪は、この御所に張られた結界を通り抜けることが叶わぬことは、其方が一番良く知っていよう。

帝　た、確かに（用心しながらも大きく頷く）。して、龍女の神が一体何故《なにゆえ》に。

龍女　この京《みやこ》に迫り来る危難を報せに罷った。

帝　危難……。

龍女　そうじゃ。これより三月後《みつきのち》、大地震《おおない》、京を襲い、全ての建物や寺院が一つ残らず崩れ落ち焼失するであろう。もちろん、この御所も同様。

帝　何と。

龍女　時を同じくして巨椋池《おぐらのいけ》も溢れ、京の半ば以上が海の底に沈み、藻屑となる。

帝　それは真実《まこと》であるか。

龍女　我の言葉を疑うか。

龍女神の言葉と共に暗い空が一瞬光ると、雷鳴と共に稲妻が走り、寝所近くの大木に音を立てて落雷する。

帝　あっ（怯えて龍女神を見る）。こ、これは失礼をば。で、では早速、この国全ての神社仏閣に祈禱をさせ奉《たてまつ》らん。

龍女　そのようなことは無駄じゃ。もう間に合わぬ。

帝　では一体、何とすれば。

龍女　ただ一つだけ、方策がある（再びの雷鳴）。我はそれを教えに罷ったのじゃ。

帝　そ、それは。

龍女　良き剣《つるぎ》を造り、伊勢《いせ》の大神宮に奉納して深く祈念せよ。それしか方策はあらぬ。

帝　剣——太刀と。

龍女　幸い、我が住まう稲荷山に実《まこと》腕の立つ刀鍛冶がおる。その者に造らせるが良かろうぞ。

帝　して、その者の名は。

龍女　三条小鍛冶宗近《さんじょうこかじむねちか》。

帝　宗近……。

龍女　但し、今より三月の内でないと全ては徒労になる。それを忘れるでないぞ。

雷鳴が響き、稲妻が走る。

龍女　承知致したな。
帝　はっ。
龍女　では、さらばじゃ。

大きなドロドロと共に、御簾の向こうに映っていた龍女神の姿は消えて、暗闇となる。

寝所に残された帝、独りごちる。

帝　はたまた、夢か幻か。だが庭前の松は、あのように落雷で裂けて居る。ただ、この京がそれほどまでの天災に襲われるとは真実《まこと》であろうか……。信じ難い話ではあるが、どちらにしても太刀を造らせて、それを伊勢の神に奉納すれば間違いはないであろう。しかし時がない。早速、深草・稲荷山に住まい致すという刀工、三条小鍛冶宗近に造らせようぞ。

帝、口の中で何度も宗近の名を唱える。

舞台暗転

——拍子幕

序幕　第一場　稲荷山宗近宅《いなりやまむねちか》の場

季節は霜月。

京は伏見《ふしみ》。深草・稲荷山、山中の一軒家。辺りは、すっかり木々の葉の落ちた淋しい晩秋の景色。

舞台正面には、三本蕨紋《わらびもん》が染め抜かれた暖簾《のれん》が掛かっている。

上手に大きな神棚。更に上手には、障子が張り巡らされた小さな一間《ひとま》。

下手の壁には、立派な太刀が幾振《いくふり》か掛かっている。更に下手は、格子戸の玄関。

舞台中央では三条小鍛冶宗近《さんじょうこかじむねちか》が、よれよれの直垂《ひたたれ》姿で腰を下ろし、愛《いと》おしそうに太刀を愛《め》でている。

そこに、正面暖簾の奥から宗近の母・お亀《かめ》が姿を現し、宗近を見ると一つ溜息をついて、心から呆れたように、

お亀　これこれ、お前はまたそうやって刀を眺めているのかい。ほんに一日中、いや一年中、朝昼晩、刀、刀だねえ。

その言葉に宗近は苦笑いするが、刀から視線を外さずに答える。

宗近　これはこれは、母上。しかし、それが私《わたくし》の仕事ですゆえ。

お亀　そうは云ってもねえ……。あたしも、もう良い年。そろそろ誰か身の回りの世話をしてくれる女《ひと》を見つけたいが、この稲荷山の淋しい里では、なかなかそれも叶わぬことじゃなあ。

宗近　いえいえ、母上。何もそのようにお気になさらず。母上のお世話は、この私が。

お亀　馬鹿をお云い。お前の世話だよ。

宗近　何と。私はまだまだ独りでやれまする。

お亀　じゃと云うて……。

返答を聞いて、お亀は困り顔で大きく嘆息する。

その時、花道奥の揚げ幕が上がり、武者・藤原道成《ふじわらみちなり》が、従者を引き連れて現れる。

花道よき所にて辺りをゆったり見回すと、刀の柄に手を置いて、

道成　ここが稲荷山とやらか。噂に聞きしより、遥かに山深き所であるな。しかし、道は一本。迷うこともあるまい。おお、あれがその家と見える。

道成は従者を従え、ゆっくり宗近の家に近づき、玄関先で立ち止まると、大音声で呼ばわる。

道成　三条小鍛冶宗近と申す者の家は、ここであるか。

その声に宗近は立ち上がって、玄関の格子戸を開き、疑わしそうに道成たちを眺める。

宗近　いかにも、私が宗近でございまするが、あなた様は……。

道成　我は、右近衛大将《うこんえのだいしょう》・藤原道成。

宗近　何と。

道成　ただ今、帝《みかど》よりの勅諚《ちょくじょう》を伝える。

宗近　帝とな。

腰を抜かして驚く宗近とお亀を、じろりと睥睨《へいげい》して、

道成　畏《かしこ》まれよ。

宗近・お亀　ははーっ。

二人が座敷の上で揃って正座し平伏すると、道成は玄関に立ち入り、「えへん」と一つ大きく咳払いしてから、さも偉そうに告げる。

道成　さても帝、昨晩、不思議の夢のお告げあるによって、稲荷山に住まい致すという三条小鍛冶宗近に、刀を打たすべしとの勅諚を下された。急ぎ支度《したく》仕《つかまつ》れい。

宗近　私めにでございまするか。

道成　いかにも。

宗近　ははーっ。（と、畳に頭をこすりつける）その勅諚、有難く承って候。

道成、威厳を保ったまま告げる。

道成　但し、期限は今より三月《みつき》。その内に仕上げるのじゃ。相分《あい》かったか。

宗近　三月……。

道成　左様。

宗近、その言葉に思わず頭を上げて訴える。

宗近　お、お待ちくださいませ。

道成　不服か。褒美は思うがままぞ。

宗近　不服などございませぬが、ただ……。

道成　ただ、何じゃ。

宗近　たった三月とは。

道成　お告げにより、それ以上は一日たりとも待てぬとの勅諚。

宗近　し、しかし――。

逡巡する宗近に向かって、道成は大声で怒鳴る。

道成　不服とあらば、この場でおぬしを斬り捨て、役目を果たせなんだ拙者も、腹を切るであろう。

宗近　そ、それは……。

宗近、歯嚙みするが、諦めたように平伏し直して、

宗近　承知いたしましてござりまする。見事に仕上げてご覧《ろう》ぜましょう。

道成　それは心強き返答。さすがは、世に聞こえし三条小鍛冶宗近。では、頼んだぞ。

宗近　ははーっ。

再び平伏する宗近とお亀を一瞥すると、道成は従者を従え、威張りながら花道を去る。

やがて、その姿が見えなくなると、

お亀　だっ、大丈夫かえ、お前。そんな大層な仕事を引き受けてしまって。

宗近　母上、ご心配なきよう。

その言葉とは裏腹の硬い表情のまま、懐から取り出した手拭いで、ゆっくり冷や汗を拭う。

宗近　今私には、弟子の広近《ひろちか》、そして今一人、腕の立つ向こう鎚《づち》の八郎《はちろう》がおります。それに、ここは稲荷山。必ずや稲荷明神もお護りくださいますでしょう。

お亀　確かに広近は信用できるが、八郎とやらは、つい最近やって来たばかりの旅の者。他所《よそ》の国では、名刀工が刀を盗まれて殺されたって噂も耳にしたよ。

宗近　ご心配召されるな。八郎の腕は確か。

お亀　そうかい（大きく嘆息すると尋ねる）。だが、そんなに腕の立つ男が、どうしてわざわざこんな山の中まで、お前を訪ねて来たのかねえ。お前も、そんなに世間様の評判が高くなったのかい。

宗近　どこから聞いて来たのかは存じませんが、私も大層助かっておるのは事実。どうか、母上もご心配なきよう。

お亀　そうかえ……。

そう云われても、心配そうなお亀。その時、庭で何やら鍋などをひっくり返すような物音。

お亀、顔を上げて。

お亀　おや。今の物音は、何だろうね。

宗近　また、おおかた悪戯《いたずら》狐でありましょう。狐なれば稲荷のお使い。気にせずとも。それより私は、早速準備を。

宗近、立ち上がるが、お亀は相変わらず心配そうな顔。

――拍子幕

序幕　第二場　長《ちょう》者《じゃ》社《しゃ》仕事場の場

雪に埋もれた宗近の仕事場——鍛冶場《かじば》。壁には注連縄《しめなわ》が張られ、真っ白い紙垂《しで》も下がっている。

上手《かみて》の床《とこ》には「稲荷明神」と大書された軸が掛かり左右には榊《さかき》が置かれている。

舞台では、上手に弟子の広近、下手《しもて》に八郎が立ち、交互に鎚《つち》を振るう。中央に宗近が座り、刀を鍛えている。

仕事中は女が立ち入れぬため、外では粉雪の中、八郎の連れ添い・お龍《たつ》がその様子を、戸の隙間からじっと見つめている。

やがて——。

宗近　ええい、ついに。

　宗近は刀を手に立ち上がり、湯舟の中の水に突き入れて焼き入れすると、鍛冶押しして眼前にかざす。

　それを広近と八郎が、両脇から眺めて。

八郎　おめでとうございまする。

広近　実に見事。神々《こうごう》しゅうございます。

宗近　うむ（満足げに汗を拭いながら）。近年にない出来。これもおぬしたちのおかげ。もうお龍も呼んでやって良かろう。

八郎　はい。

　八郎、喜び勇んで急いでお龍を仕事場に呼び入れる。

　お龍、刀を一目見るなり、

お龍　おおお（目を見張って声を上げる）。これは本《ほん》に、見事な出来映《できば》え。このように素晴らしい刀は、今の今まで見たことがありませぬ。

宗近　それというのも（三人を見回して）、広近、八郎、そしてお龍が力を貸してくれたおかげじゃ。

広近　ある日突然、八郎さまがお龍殿とお二人で、この仕事場を訪ねて来られた。話を聞けば八郎さまは、武蔵国《むさしのくに》の刀鍛冶。修業のため、宗近さまに学ばせて頂きたいとおっしゃった。そこで師匠のお許しを得て、こうして一緒に仕事をして参りました。

宗近　皆に感謝するぞ。何より帝の勅諚に応えられたことが、もっともな幸い。広近、疾《と》く道成さまにご報告を。

広近　はっ。

と応えて走り出そうとするが、いきなり八郎が両手を大きく広げて前に立ち塞がると、広近の腕を捻り上げて舞台に転がす。

その隙に、お龍は宗近の手から刀を奪い取ると、宗近たちを見渡して、にやりと嗤《わら》う。

宗近　なっ、何をする。

驚いて怒声を発する宗近を見て、

お龍　この刀、私が確かに頂戴した。

広近　な、なんと。

宗近　どういうことじゃ。

二人を見てお龍、今度は大声で楽しそうに笑う。

お龍　はははは……。我らがそなたらに近づいたのは、この日のため。お前が拵《こしら》えた名刀を手に入れるためだったのだ。

宗近　何じゃと。お、おぬしらは一体何者。

舞台暗転

小さいドロドロ鳴る。

お龍　我ら、お龍と八郎とは、この世の仮の姿。我こそは、平将門《たいらのまさかど》三女、瀧夜叉姫《たきやしゃひめ》なり。

八郎　そして我こそは、将門公と共に命を落とせし家臣、石井《いわい》八郎《はちろう》の亡霊なり。

遠くの空に稲光と雷鳴響く。

宗近　な、なんと。

広近　お、お主らは人ではなかったと――。

瀧夜叉　父・将門は、貧しく苦しい領民たちを、ご自分の命を懸けて救われた。しかしそれが気に入らぬ朝廷から謀反人の烙印を押され、同志であった藤原秀郷《ふじわらのひでさと》らの裏切りによって命を落とし、そればかりか日本各地の無数の寺社の心なき調伏により、今もなお業火に焼かれ、蔦《つた》や葛《くず》に身を縛られ呻吟《しんぎん》しておる。それらの因縁を一息に断ち斬るため、このような名刀が必要であった。今まで幾振りかの刀も試してみたものの、いずれも父・将門を解き放つことはできなんだ。

宗近　では、諸国で刀工たちから刀を盗み取ったのも――。

瀧夜叉　無論《むろん》、我らの仕業。

宗近　なんということだ。

瀧夜叉　稲荷山に名刀工が住まいしておると、お前の噂を耳にした。稲荷山ならば、好都合。

宗近　「好都合」とは――どういうことだ。

瀧夜叉　おお（自嘲する）。これは、余りの嬉しさに口が滑った。聞かなかったことにしておけ。

宗近　何を勝手なことばかり。

宗近の言葉を無視するように、あるいは話題を変えるかのように、八郎が口を開く。

八郎　そこで我らがお前に近づき、頃合いを見て姫さまが帝の夢枕に立ち、お前に刀を鍛え上げさせるようにとの夢告《むこく》を下したのだ。

広近　帝の夢枕に立ったと（不審な顔）。しかし、御所には強い結界が張られ、魔の物は近づけぬはず。

瀧夜叉　我が父・将門は、桓武《かんむ》の血を引く者。その娘の私にも勿論、桓武の血が流れておる。御所の結界をすり抜けるなど、いとも容易《たやす》し。

広近　そして帝を謀《たばか》り奉《たてまつ》ったのか。

瀧夜叉　謀りなどせぬ。三月後に大地震《おおない》が京を襲い、巨椋池《おぐらのいけ》も氾濫するという真実《まこと》を伝えたのだ。それを防ぐためには、上質の奉納刀が不可欠とな。

広近　大地震とは……真実か。

瀧夜叉　真実も真実（大きく笑う）。地獄の閻《えん》魔《ま》の獄卒《ごくそつ》から直接聞いた。

広近　つまり、その太刀は奉納刀。

瀧夜叉　そういうことだ。これは、私が頂戴して行く。

広近　それでは大地震を防げぬではないか。

瀧夜叉　知らぬ（素っ気なく吐き捨てる）。我らは、あの世の住人。此の世のことなどに興味はない（手に取った刀を眺める）。

それにしても、いや素晴らしや。

瀧夜叉姫が自分の頭上に刀を振りかざすと同時に雷鳴が轟き渡る。それを合図に、みるみるうちに正体を顕すと真の瀧夜叉姫の姿となる。

禿《かむろ》の肩までの髪を振り乱した、恐ろしい般若のような形相。雪の如く真っ白な顔に、炎の如く真っ赤な舌。

宗近、その姿を見て、

宗近　将門三女の五月《さつき》姫が、貴船《きふね》明神に二十一日参籠し、ついに鬼となったという云い伝えは、真実であったのか。

滝夜叉　そうじゃ。この通りじゃ。

宗近　げに、恐ろしや……。

震える宗近・広近を尻目に、

瀧夜叉　この刀であれば、煩わしき呪縛の全てを断ち斬ることができるであろう。そして父上は再びこの世に降臨され、憎《にっく》き裏切り者たちを蹴殺《けころ》してくれようぞ。おお、そうじゃ。この刀の刃文《はもん》には、三日月が見える。これをば「三日月宗近」と名付けようか。

宗近　おのれ。勝手な事ばかりほざきおって。

瀧夜叉　はははは。ここは稲荷山。今までのことは、全て狐に誑《たぶら》かされたと思うて諦めるが良かろう。いざ、さらば。

大声で笑うと、八郎と二人、刀を手に外に出て行く。

宗近と広近はそれを追おうとするが、猛烈な吹雪が仕事場に吹き込み、その場を一歩も動けなくなる。

吹雪の中に瀧夜叉姫の笑い声が大きく響き渡って、

舞台廻る

序幕　第三場　雪の稲荷山の場

雪山の風景。空には凍るような月。
必死に瀧夜叉姫たちを追って来た広近は、ようやく二人に追いつく。

広近　待て待て待てい。その刀、返せ返せ。

瀧夜叉姫、広近を振り返る。

瀧夜叉　馬鹿なことを。

広近　その刀は、帝の勅諚なり。返せ返せ。

瀧夜叉　それを云うなれば、父・将門も桓武《かんむ》天皇五世の孫《そん》ぞ。新皇《しんのう》ぞ。ならば、いっそ同じこと。そもそも父・将門を調伏せんとて、天慶《てんぎょう》五年、稲荷明神は極位、正一《しょういち》位《い》の神位を得た。そうであれば、父上を助くるために、ここ稲荷山で造られた刀を頂戴して何が悪かろう。

広近　ええい。勝手なことばかり。返せ返せ。

八郎　うるさい男だ。

広近と八郎、大立ち回り。
必死の広近が八郎に対して攻勢に出たところ、危うしと見た瀧夜叉姫が呪力を用いて絡め取る。身動きが取れなくなった広近は、八郎にあっさりと斬り殺されてしまう。
笑いながら花道に向かって立ち去る瀧夜叉姫たち。そこに遅れて宗近、よろよろとやって来る。

宗近　これは広近。南無三宝《なむさんぽう》。しっかりせい。

広近の体に取りすがるが何の返答もない。
一方、刀を掲げた瀧夜叉姫、笑い声を上げながら八郎と共に、花道スッポンよりせり下がる。

舞台廻る

序幕　第四場　長者社仕事場の場

再び、宗近の仕事場。
先程とは打って変わって、火も消えて冷えきっており、吹雪の音が聞こえるばかり。
舞台中央で宗近、打ちひしがれている。
そこに藤原道成、供を連れて現れる。

道成　いやあ（体の雪を払い落としながら云う）、実に吹雪が酷いのう。
宗近　こ、これは道成さま。
道成　それで（宗近を見据える）首尾はいかに。期限まであと十日余りゆえ、様子を伺いに訪ね来た。
宗近　ははっ。実は先ほど、刀を鍛え上げ終わりましてございます。
道成　それは重畳《ちょうじょう》。して、その刀は。
宗近　盗まれましてございます。
道成　何と。

宗近　先般の乱に敗れし平将門の娘、瀧夜叉姫と石井八郎の亡霊によって、盗まれましてございまする。
道成　なにい。（宗近を睨みつけた後、今度は大声で笑う）おおかた悪い夢でも見たのであろう。
宗近　夢ならばまだしも、現実《うつつ》なのでございます。その上、私の右腕、弟子の広近も殺されました。
道成　宗近。
宗近　はっ。
道成　つまらぬ嘘や云い繕いは、聞けぬぞ。その刀を、早よう、ここに出せ。
宗近　け、決して嘘でも云い繕いでもございませぬ。
道成　ここが稲荷山とて、狐の所為《せい》にでもしようと云うのか。名刀工、三条小鍛冶宗近の名が泣くぞ。

宗近　真実の話なのでございます。

道成　もう良い（冷たく嗤う）、とにかく期限はあと十日余り。また来る。

宗近　お待ちくだされ、道成さま。

宗近、すがるように、

宗近　私には今、向こう鎚を打つ者がおりませぬ。私に負けず劣らずの力量を持つ者がおらなくては、刀を打つことは叶いませぬ。それに今、私の手元には玉鋼《たまはがね》がございません。瀧夜叉姫に持ち去られたあの刀で、全て使い果たしてしまいました。どうか、どうか、今しばらくのご猶予を。

道成　愚か者めが。おのれに頼む太刀は、ただの太刀とは違うのだ。

宗近　これよりやって来る大地震を抑えるための奉納刀とか。

道成　それを知っておって、世迷い言を口にしておったのか（不愉快そうに）。聞けぬ。聞けぬわい。期限のうちに出来ぬとあらば、おのれどころか母親までも引き出して首刎《は》ねるぞ。

宗近　なんということ。

道成　拙者が、お前が所にやって来たのは二度目。三度目は、決して手ぶらで帰らぬ。覚悟は良いか。

宗近　それは……お許しくださりませ。

道成　ええい、聞けぬものは聞けぬ。それが嫌なら、期限までに刀を拵えることだ。

と云い残して、肩を怒らせながら従者と共に道成去る。

宗近、肩を落として舞台に一人。

――拍子幕

二幕目　第一場　稲荷山宗近宅の場

宗近の家。

舞台中央にお亀、その隣に若い女のお紺《こん》。

二人で何やら話をしながら、お亀はお紺の持参した鶉《うずら》の卵を見て嬉しそうに微笑む。

お亀　ほんにお紺さんのおかげで、助かっておりますよう。今日もこんなに手土産を。遠慮なくいただきますよ。いつもいつもすまないねえ。

お紺　いえいえ。

お紺、とんでもないというように顔の前で白い手を振る。

お紺　私こそ、稲荷山参りの楽しみが出来て、感謝いたしております。

お亀　あたしが悪戯《いたずら》狐に悩まされていた時、稲荷山参りで通りかかったお紺さんが助けてくれた。何しろ狐が毎日現れては、採ってきた山菜や芋を盗んだり、川から汲んできた水を引っ繰り返したり、それはもう大変だったからねえ。

お紺　それをたまたま私が見つけて、木の枝で追い払った。次の日も心配でやって来たら、やっぱり同じ狐がいた。そこで私が、また追い払った。

お亀　本当にありがたいことだよ。それ以来毎日やって来てくれては、食事の支度や洗濯まで手伝ってくれて。助かりますよう。ほんに、あんたのような気立ての良い娘さんが、うちの倅《せがれ》に添ってくれればねえ。

お紺　いえいえ、そんな（顔を赤らめて）もったいない。

お亀　本当《ほんと》のことですよ。でも、あんたはどうして毎日お山参りをしているのかえ。

お紺　はい。ちと、願掛けがありまして。
お亀　どんな願を掛けているんだい。
お紺　いえ、それは……。

　恥ずかしそうに袖で顔を隠すお紺の姿を見て、

お亀　そうかえ、そうかえ。そんなら、その願い事は聞かないことにしようか。じゃが、願掛けも大変なことだねえ。
お紺　そんなことも、ありませぬ。「稲荷山巡り歌」を歌いながら廻りますもので。
お亀　あたしゃそんな歌を聴いたことがないよ。
お紺　そうですか。
お亀　折角だからちょっと歌っておくれ。いや、そんな恥ずかしがることがあるものか（照れるお紺に向かって）。ここには二人だけ。

　頼み込むお亀を見て、お紺は「では……」と云って歌い始める。

お紺　〽稲荷山、お山巡りをするならば、まず白狐社《びゃっこしゃ》に参りたり、鳥居をくぐりて奥宮へ、長い坂をば登り行き、奥まりし場所に熊鷹《くまたか》社。景色見尽くす三ツ辻と、三つの徳の三徳《さんとく》社。よろけて登る四ツ辻を、棚雲たなびく田中《たなか》社へ。
〽お山巡りに入ったら、過ぎにけらしな大杉《おおすぎ》社、開眼成就の眼力《がんりき》社、お午《ひる》のうちに御膳谷《ごぜんだに》。足腰の病治すは薬力《やくりき》社、清い流れの清瀧《きよたき》社、願いは満つる御劔《みつるぎ》社、この世の春は春繁《はるしげ》社。
　末広鶴亀《すえひろつるかめ》一之峰。青木《あおき》大神二之峰に。荷田《かた》社で肩の荷下ろしたら、白菊《しらぎく》大神三之峰、よくぞ戻った四ツ辻へ。
　これにて稲荷山、無事御《おん》巡り候――。

　お紺が歌い終わると、お亀、手を叩いて喜ぶ。

お亀　ほうほう。大したもんだ。
お紺　お恥ずかしい……。
お亀　ここには長く居るけど、初めて聴いたよ。お前さんが作ったのかえ。
お紺　いいえ。兄《あに》さまから教わりました。亡くなった父《とと》さまや母《かか》さまが、よく歌っていたって。
お亀　お紺さんには、兄さんがいるのかえ。
お紺　はい。今、私たちには両親もなく、兄妹二人だけで暮らしております。
お亀　おやおや。そりゃあ可哀想だ。そういや、まだ聞いていなかったが、お紺さんはどちらにお住まいだね。
お紺　はい。裏山の穴に。
お亀　穴と。
お紺　い、いえいえ（激しく動揺して）。あちらの、その……穴師《あなし》の川近くに。
お亀　ああ。穴師川のあたりだね。
お紺　はいはい。

二人が楽しそうに話していると、青ざめた顔の宗近が肩を落として、よろよろと帰宅する。

どうしたのかと尋ねる二人に宗近は、先程の出来事を告げる。

折角鍛え上げた刀を、お龍――瀧夜叉姫に盗まれてしまい、それを追いかけた広近が、姫の手下の石井八郎に斬り殺されてしまった。

その上、拵えた太刀は、これより京を襲う大地震《おおない》を抑えるための伊勢大神宮への奉納刀。その奉納が叶わぬと、京は崩壊し、この辺りも海の藻屑となる――。

お亀は腰を抜かして驚く。

更に宗近は、道成の催促が入ったことも伝える。

その期限はあと十日。

それを聞いたお亀も真っ青になっ

て、

お亀　たった十日でどうするつもりだえ。いくら帝の勅諚とはいえ、余りに無理難題。

宗近　どうにもこうにも、仕様がございませぬ。広近は死んでしまったし、玉鋼もない。これでは何をどうやっても刀は打てぬ。帝の勅諚に応えられず、また京を救うことができなかったという二つの責めを負って、私は素直に首を打たれましょう。せめて母上だけは逃げのびてくだされ。

お亀　それじゃと云うて——。

宗近　他に手立てはありませぬ。向こう鎚はおらず、肝心の玉鋼はなし。事ここに窮《きわ》まりました。母上、(畳の上に手をついてお亀を見る) このような親不孝者を、どうかお許しくださいませ。

大きく肩を震わせながら平伏する宗近を見て、

お亀　そうじゃ、倅。稲荷明神におすがりしてみてはどうかね。お稲荷様は、遠い昔からずっとわしらを見守ってくださってるのじゃから。

宗近　いや母上、今さらお参りしたところで、どうなるものでもありますまい。私は、疾《と》うに覚悟を決めました。

すると、それまで二人の話をじっと聞いていたお紺は、突然真剣な顔つきになると、膝で躙《にじ》り寄って宗近に云う。

お紺　いいえ、決してそんなことはありませぬ。あらゆる願いを聞き届けてくださる稲荷明神。ご信心なさっているのなら、今こそお参りなさいませ。

宗近　常日頃、母上の面倒を見てくださっているお紺さんの言葉ゆえ、それに従いたいが (大きく首を横に振って)、さすがに今回ばかりは——。

お紺　本当に困った時、稲荷明神さまに助けていただいたという話を、私は大勢の人たちから聞きました。それに今日は初午《はつうま》。稲荷明神さまのお祭りの日ではないですか。必ずや願いを聞き届けてくださいましょう。

宗近　しかし……。

お亀　いや、倅。お紺さんの云う通りだよ。決してこれはお前一人のためでない。京の人たちの命も懸かっている。どうせ死ぬるつもりでいるのなら、お参りして間違いはない。早速行きやれ。この母もついて行こうか。

宗近　いや……。

ためらう宗近を、二人は急《せ》かす。

お紺・お亀　さあさあ、少しも早《はよ》う。

宗近　そう二人で云うならば。

宗近は諦めたように大きくため息を吐くと、どうせ無駄だと心の中で思いながらも、重い腰を上げる。

宗近　行って参りましょう。

舞台廻る

二幕目　第二場　稲荷明神社前の場

舞台正面に大きな朱色の鳥居。
左右脇に狐の石像。
その向こうに立派な社殿が見え、大勢の参詣人で賑わっている。背景には白く雪の積もった稲荷山。
花道奥より稲荷参詣の女たち三人、あでやかな衣装で並び出て来る。

女（一）　今日は初午。稲荷明神さまが初めてお山に降りて来られた目出度い日。

女（二）　お山はすっかり雪景色。でも社前は、このように大変な賑わいよう。

女（三）　それというのも、この世で稲荷明神さまに願って叶わぬことなし、との噂で誰もがお参りに。

女（一）　さあ、私《わたくし》たちも、

女（二）　それぞれの、

女（三）　願いを叶えて、

皆々　いただきましょう。

と云いながら舞台に出て、鳥居をくぐって社殿へと向かおうとすると一天にわかにかき曇り、突然の雷鳴。バラバラと大粒の雨も落ちてくる。誰もが「あれえ」と叫び声を上げながら、蜘蛛の子を散らしたように舞台から去る。
そこに向こうからやって来た宗近、辺りを窺いながら舞台中央へ出る。

宗近　これはまた、一体どうしたことだ（ぐるりと見回して）。突然の雷とは。だが、お山の天気は気まぐれがつきもの。何はともあれ参ろうか。

一人、鳥居をくぐると社殿前に跪《ひざまず》き、深々と二礼すると手を合わせ、祈り始める。

宗近　かけまくも恐《かしこ》き稲荷大神《いなりのおおかみ》の大前に、恐《かしこ》み恐みも白《もうさ》く。朝に夕に勤しみ務むる家の産業《なりわい》を、緩事《ゆるぶこと》無く怠《おこたる》事無く、弥奨《いやすす》めに奨め賜ひ、弥助《いやたすけ》に助賜ひて、家門《いえかど》高く令吹興《ふきおこさしめ》賜ひ――。
家にも身にも枉神《まがかみ》の枉事不令有《まがごとあらしめず》――。
夜《よ》の守《まもり》日の守に守幸《さき》はへ賜へと、恐み恐み白《もう》す――。

その時、風が突然強くなり、木の枝より雪がバサリバサリと落ちるが、

宗近はなおも一心に祈り続ける。
大きなドロドロ鳴る。
一方、宗近は四拍手を打ち、今までより一層大きな声で、

宗近　ちはやぶる神にしませば稲荷山
我が祈《ね》ぎ事《ごと》を今聞き遂げよ。

祈り上げると同時に雷落ち、さらに雨激しく降る。

舞台廻る

二幕目　第三場　稲荷山宗近宅の場

お亀とお紺、二人で向き合っている。お亀は怯え顔。しかしお紺は平然とお茶を飲んでいる。

お亀　ほんにまあ、何と恐ろしや。こんな時期に珍しい雷だ。くわばらくわばら。
お紺　そうですねえ（けろりとして）。
お亀　あんたは、雷が恐くないのかえ。
お紺　そりゃあ恐ろしゅうございますけど、お稲荷さんと雷は、昔から縁が深いと云いますから。こんなことは、しょっちゅうですよ。
お亀　肝が据わっているねえ。
お紺　いえ（照れる）そんな。
お亀　あんたからも云ってもらってよかったよ。倅はあのように頑固者。一度云い出したら、聞きゃあしない。

お紺　それでも、とてもお優しい（と思い出したように）。以前、冬のお山でお見かけした時は、岩に挟まって身動きが取れなくなっていた小狐を助けられ、震えるその子を自分の懐に入れて「おうおう、可哀想に」と暖めてさえやり、自分の持っていたお握りまであげて山に逃がしてやりました。もしもあのまま放っておいたなら、あの小狐は必ず凍え死んでいたことでしょう。
お亀　そりゃあ初耳だね。倅は何も云わなかったが。
お紺　余計な自慢をしないのが、宗近さまの良いところ。
お亀　ああ、その話が本当ならば、その狐が倅の力になってくれないものか。
お紺　きっと、そうなりましょう。狐は一度受けた恩を決して忘れませぬ（と云うと、あわてて視線を逸らせて云い直す）。いえ、忘れないと申しますから。

お亀　それにしたってねえ。

そこに、再び雷鳴。

お亀が怯え、お紺がなだめているところに、宗近、肩を落として帰宅する。

お亀　おお、倅。どうだったね、稲荷明神さまのお参りは。

宗近　どうもこうも（と云って、濡れた袖を玄関先で絞り、座敷に上がる）。とにかく戻って、鍛冶打ちの支度を整え、そしてすぐさま打ち始めよ、必ずや天下に名を轟かす名剣が出来上がるであろう、とのご神託。そして、この雷雨。あわてて戻って参りました。

お紺　何と。それでは、雷が止んだらすぐにお支度を。

宗近　じゃと云われても、どうしようもないのだ。何もかもが無理なのだ。今、私の手元には、何一つない。

宗近は、どかりと座るとくやしそうに自分の膝を叩く。

お紺　宗近さま。もしも、この私にできることなれば、いかようなるお手伝いでも。

宗近　いいや、こればっかりは。

首を横に振る宗近に、お紺はそっと寄り添うように、

お紺　宗近さまは、一体何がお困りなのでしょうか。

宗近　何もかもだ（膝の上で拳を握り締めると、お紺に向く）。弟子の広近が殺されてしまったからは、向こう鎚がおらぬ。私に劣らぬ程の力量の相鎚がおらなければ、到底刀など打てるものではない。また、上質の玉鋼がない。こんな様《さま》で、何をどうすれば良いと稲荷明神は云われる

のだろうか。いくら明神さまのお言葉とはいえ、さすがに今回ばかりは思案が詰まった。

お紺　そうでございましたか（小首を傾げ少し考えて）。それならいっそ、私の兄《あに》さまを呼びましょう。

宗近　お前の兄とは。

お紺　私の兄さまは藤太《とうた》と申し、以前は備前《びぜん》に住んでおりました刀鍛冶。少し前に、さるお方の向こう鎚を務め、立派な刀を拵《こしら》えました。

宗近　なんと。して、その銘は。

お紺　さあ……（キョトンとした顔で首を捻る）忘れました。

宗近　何やら雲をつかむような話だ。

お亀　良いではないか、倅。何もせんで顰面《しかめっつら》して唸っているよりは良いわいな。稲荷明神さまも、立派な剣を打ち上げられるとおっしゃっておるのだから、さ、さ。早う支度を。

宗近　それでも母上。

困ったように訴える宗近の言葉をわざと無視して、

お亀　お紺さん、ぜひぜひ、よろしく頼みましたよ。

お紺　はい。今すぐに。

お紺は立ち上がると、急いで宗近宅を出る。

神棚に祈るお亀。

腕を組んで思案顔の宗近を残して。

――拍子幕

三幕目　第一場　長者社仕事場の場

宗近の仕事場では、注連縄《しめなわ》が、だらりと緩み、紙垂《しで》も**ヨレヨレ**。床《とこ》には何の軸《じく》も掛かっておらず、神棚の榊も萎《しお》れている。

その場所で宗近は、お紺の兄という藤太、そして藤太の連れてきた相鎚の橘《たちばな》という男と向かい合っている。藤太は大柄だが、橘は小柄な色白男。

しかもなぜかお紺の姿は見えず、宗近は不審に感じている。

宗近　藤太殿（全く気が乗らぬ様子で）。此度《こたび》は、遠路ご足労であった。
藤太　何の。可愛い妹に頼まれました、三条小鍛冶宗近殿の向こう鎚という話、誰が断れましょうか（深々と頭を下げる）。光栄に存じまする。
宗近　して、藤太殿は以前に刀を打ち上げられたとか。
藤太　はい。伯州《はくしゅう》、安綱《やすつな》殿のもとで。
宗近　なんと。あの「童子切《どうじぎり》」を拵《こしら》えられた。
藤太　いかにも。
宗近　それは大層な腕前のようだが、その折りはそちらの頼りなき男とご一緒か。
藤太　その節は、この橘はおりませんでした。しかしこの子、あ、いや（あわてて云い直す）、この男の腕は、私めが保証致しましょう。
宗近　ふん（冷たく見る）。
藤太　我が言葉が信用できませぬか。
　尋ねる藤太に宗近は、もうこれ以上は少しも我慢が出来ぬという勢いで、一気に口を開く。
宗近　何をどうやって信用せいと云うのだ。第一、肝心のお紺もおらぬ。初めて会《お》うた男二人を、しかも向こう鎚という大変な役回りの人間を、ただ一言で信ぜよと云われても、すぐに気を許せるものではない。命懸けの仕事なのだ。

藤太　稲荷明神のご神託ありと聞きましたが。

宗近　そうは云えど（首を横に振り）今回ばかりは信じられぬ。

藤太　ご神託を信じられぬと申されるのか。

宗近　そうではないが、あと十日では余りにも日にちがない。それに、明神明神と申しても、よくよく考えれば、たかが狐ではないか。

藤太　宗近殿（と云って睨みつける）。狐は受けた恩を決して忘れず、また嘘も云わぬ。嘘を吐《つ》くのは人間のみ。疑いは人間にあり狐にあらず。どうやら宗近殿は、稲荷明神の真《まこと》のお姿をご存知なき様《さま》。

宗近　真の姿とは（不審な顔で藤太を見る）、どういう姿なのだ。

藤太　稲荷明神とは、そもそもは鍛冶《かじ》の神なり。稲荷と書くは仮の姿。方便なり。

宗近　また、なんという世迷い言を。

藤太　世迷い言じゃと（大声で嗤《わら》う）。稲荷山に住みながら、稲荷神の真を知らぬとは、これまたどうしたこと。驚き入る。三条小鍛冶宗近、噂ほどのお方ではないと見た。

宗近　何と云う。知らぬことはない。

藤太　では伺《うかが》おう、宗近殿。このお山のどこに「田」がある「稲」がある「稲穂」がある。あるのは木々、草々《くさぐさ》、そして磐座《いわくら》。さあ、お答えいただこう。いかに。

宗近　それは……（言葉に詰まる）。いや、それはものの喩《たと》えだ。昔は稲があったのであろう。

藤太　この、険しき山の上にと申すか。

宗近　いや……麓にでも。

藤太　麓——「深草《ふかくさ》」「藤《ふじ》ノ森《もり》」と呼ばれた場

所に田が（大きく笑いながら否定する）。
そのような物は全くありもせず。

宗近　では、何故。

藤太　稲荷とは「鋳《い》て成《な》る」――「鋳《い》成《な》り」がことなり。神代《かみよ》の昔からこの山は、鍛冶の山。

宗近　なに、鋳成りとな。

　目を見開く宗近に向かって、藤太は畳みかける。

藤太　このお山に溢れておるのは鋳《いな》じゃ、丹《に》じゃ、朱砂《すさ》じゃ、鉄《くろがね》じゃわい。「稲」は「鋳」そして「稲穂」というは「鋳火《いなほ》」がこと。鉄を打つ火花のことなり。

宗近　なんと。では稲荷明神は。

藤太　この世に稲荷大明神と呼ばるる宇迦之御《うかのみ》魂大神《たまのおおかみ》は、素戔嗚尊《すさのおのみこと》と、饒速日命《にぎはやひのみこと》の娘・神大市比売《かんおおいちひめ》との間にお生まれになった御子神《みこがみ》。また素戔嗚尊は「朱砂《すさ》の王」であり、饒速日命は云わずと知れた鉄の神、鍛冶の神。されば宇迦之御魂大神も鍛冶の神なり。ゆえに、鳥居も「辰砂《しんしゃ》」を表す「朱」で塗りしなり。

宗近　さすれば、狐はいかに。

藤太　宇迦之御魂大神は、その名のように「浮《う》か女《め》」「浮かれ女」と呼ばれ蔑《さげす》まれた。立派な大神を、朝廷の人間がわざとそう呼んだのだ。もちろん「浮かれ女」は遊女がこと。さすれば遊女は、古書に云わるる如く「来《き》つ寝《ね》」――つまり「狐」となってしまった。これも朝廷の悪意。

宗近　何と……。

藤太　やがて「稲荷神は狐じゃ」という俗信が広まるに連れて、大神も自らの眷属である狐と同一視されるようになってしまった。そして、時が移るに連れて弁財天とも同体とされたのだ。

宗近　弁財天と……。

藤太　この大神は、今云ったように「鍛冶の神」。そして弁財天は、もともと八本の手に、それぞれ弓・箭《や》・刀・斧などの恐ろしい武器を持った「戦いの神」。しかしやがて、朝廷の策略によって零落《れいらく》させられた。なれば、大神と同体とされる弁財天が「遊女」と呼ばれるのも時間の問題。あの立派な荒々しい姿も、いずれあらけなき姿の女性像に取って代わられてしまうであろう。

宗近　で、では、真の稲荷明神は。

藤太　真の稲荷明神とは（宗近を見据える）龍頭太《りゅうとうた》なり。

宗近　龍頭太とは（驚いて藤太を見返す）、何者なるか。

藤太　まさに踏鞴《たたら》神、鍛冶の神。稲荷明神の竈《かまど》役を代々務めし荷田《かた》氏伝承の「稲荷《いなり》大明神流記《だいみょうじんるき》」には、顔が龍のように輝く神とあり、また「稲荷社奥秘口伝」によれば、稲荷とは「真狐《まこ》神」。この真狐神こそが、まさに龍頭太なり。そして、宇迦之御魂大神の御子神である、猿田《さるた》彦大神《ひこのおおかみ》とも申す。

宗近　猿田彦大神と……。

藤太　それが証拠に、この稲荷山の一之峰上社に祀られている神こそ、猿田彦大神。そして二之峰中社には、宇迦之御魂大神が。三之峰下社には、猿田彦大神の妻神である天宇受売命《あめのうずめのみこと》が祀られておる。

宗近　そう云われれば……確かに。

藤太　あの場所だけではない。この山のあらゆる場所に猿田彦大神は祀られている。「鉄の神」としてな。

宗近　なんと（絶句する）。そうであったのか。今までそれとはつゆ知らず。

藤太　さあ。そういうわけじゃ宗近殿。疾《と》く支度を整えられよ。

宗近　いや、稲荷明神の話は納得したが、今一つ難題がある。

藤太　それは。

宗近　玉鋼じゃ。

藤太　玉鋼（不思議そうな顔を見せる）。玉鋼がどうされた。

宗近　瀧夜叉姫に盗まれし刀にて、最後の玉鋼を使い果たしてしまっておる。今、私の手元には良き鋼が一欠片《ひとかけら》もない。

藤太　あるではないか、宗近殿。

宗近　どこにあるというのだ。

　宗近が詰め寄ろうとした時、一筋の稲妻が光り、大音響と共に大きな磐《いわ》座《くら》に落ちる。その音に驚き地面に伏せていた宗近が顔を上げると、目の前に石の塊が転がっている。

宗近　今の落雷で岩が砕けたか（何気なく石塊を手にした宗近は、大きく目を見開いて驚く）。こ、これは玉鋼。しかも、今までに見たこともないほど上質。さすれば毎日目にしていたあの磐座は、玉鋼でできておったのか。

藤太　先ほど申し上げたであろう、宗近殿。ここは稲荷山、鋳成りの山じゃと（今度は、楽しそうに笑う）。舒明《じょめい》天皇の御代、雷《いかずち》の音を立てて天を行く大きなる流星あり。すなわちこれ天狗《あまつきつね》なりという。その天狗、雷鳴と共にこの稲荷山に墜《お》つ。大地震《おおない》過ぎて後、見ればその磐座あり。それぞまさしく玉鋼。真の稲荷神なり。天狗神――猿田彦大神なり。

宗近　なんと。

藤太　宗近殿、疾く支度を。稲荷明神を信じて、今こそ御劔を打ち上げましょうぞ。

宗近　うむ。

　大きく頷くと、意を決したように支度にかかる。

舞台廻る

三幕目　第二場　瀧夜叉姫《たきやしゃひめ》将門《まさかど》の場

瀧夜叉姫、八郎と共に、父・将門の墓前に額衝《ぬかず》いている。将門は寺社の調伏により没したため、その魂が未だ成仏できず、墓の下で苦しみ、唸り声を上げている。

瀧夜叉　おいたわしや、父上さま（袂《たもと》を涙で濡らす）。桓武天皇五代の末裔でありながら、伯父たちに土地を奪われ、しかし領民の苦難を見過ごせず兵を挙げられた。その中で敵将の妻子の命は取らぬなど憐《れん》憫《びん》をかけたにもかかわらず、同志たちの謀《はかりごと》により命を落とされた。これが怨霊とならずにいられようものか。

その哀切たる声に「ごごご……」と墓が鳴動する。

瀧夜叉　今こそ、我らが手に入れし「三日月宗近」によって、その呪縛を解いて差し上げまする。

八郎、深く一礼して墓前に進み出る。

そこに、将門の霊が鎧《よろい》甲《かぶと》姿で現れるが、全身に蔦や葛の蔓が絡みついていて身動きすら取れない。

瀧夜叉　ささ、八郎。

八郎　ははっ。

答えて刀を振りかざし、蔓を切っていくが、太い蔓は歯が立たず、全てを切り落とすことはできない。

八郎は、肩で息をしながら訴える。

八郎　姫さま。これ以上はいかにしても。

瀧夜叉　なんと。それほどまでに強い呪縛であるのか。

八郎　申し訳もございませぬ。

瀧夜叉　おのれ、朝廷に阿諛《あゆ》せし神社仏閣の奴めらども。父上が、おのれらになんの悪行を働いたというのか。悪辣な手段で奪われた領地を取り返し、農民を救うことが悪行だというのか。恥を知れ。おのれら許さぬぞ。

瀧夜叉姫、ドロドロと共に再び鬼のような形相になり、八郎、その傍らに平伏する。

――拍子幕

大詰　第一場　長者社仕事場の場

宗近の仕事場は赤々と灯が点り、厳しい結界を作り上げるための「七重《ななえ》の注連縄」が張り巡らされ、白い紙垂も新しくなり、神棚には青々とした榊が飾られている。上手《かみて》の床《とこ》には「稲荷大明神」と黒々と大きく墨書された軸が掛かっている。中央に宗近、上手に橘、下手に藤太。三人で九日間、毎日毎晩寝食を忘れて刀を鍛えている。

宗近　御劔《みつるぎ》は、伊弉諾《いざなぎ》伊弉冉《いざなみ》の、天浮橋《あめのうきはし》踏み渡り、豊葦原《とよあしはら》を探り給いし御矛《みほこ》より始まれり。その後この方、天国《あまくに》火継《ひつぎ》の子孫に伝えて今に至れり。願わくはこれ、宗近、私《わたくし》の功名にあらず。普天率土《ふてんそつど》の勅命によれり。
さあらば今こそ稲荷大明神、只今の我らに力を合わせてたび給え。

藤太　ちょう、ちょう。

橘　ちょう、ちょう。

宗近　ちょう、ちょう。

藤太　ちょう、ちょう、たらり、鳴るは鉄の音。鳴るは鉄の音。ちょう、ちょう。幸い心に任せたり。立つは火花《たちばな》。ちょう、ちょう。

三人で一心に鎚を振り下ろす。

やがて、

宗近　うむ。

宗近は立ち上がり、刀を持つと一気に湯舟の水に差し込み、焼き入れする。

それを二人の前にかざし、

宗近　ついに、打ち奉ったり。

藤太　お見事。

藤太は声を上げたが、橘は両手を床についたまま、肩で息をするのもやっと。今にも倒れそうで声すらも出ない。

一方、宗近はその様子に気づかず感涙にむせぶ。

宗近　この刃《やいば》は雲を乱したれば、天叢雲《あめのむらくも》ともこれなれや。天下《てんが》第一の御劔、打ち終えたり。

神棚に祈りを捧げる宗近の後ろで、藤太は今にも気を失いそうな橘の肩を抱きながら、

藤太　宗近殿、まことにお喜び申し上げまする。では、これにて我々は失礼をば。

宗近　待たれよ。この御礼《おんれい》を。

藤太　いいや、そのようなものは何もいりませぬ。いざ、さらば。

宗近　これ、藤太殿、橘殿。

止める宗近を無視して深く一礼すると、藤太は橘を体ごと抱きかかえるようにして仕事場を出て行く。

宗近　これい。

声をかけるが二人は戻らない。

宗近は、しばし唖然としているが、やがて打ち上がった刀を手に、二人の後を追う。

舞台廻る

大詰　第二場　雪の稲荷山の場

一面真っ白な稲荷山の雪景色。
その中を宗近が歩いている。

宗近　藤太殿。橘殿。

　大声で呼びかけながら前方を眺めると、大きな杉の木の根元に、橘が倒れ伏している。

宗近　いや、これは何としたこと。

　と駆け寄ったが、見れば橘の尻から白い尾が覗いていた。

宗近　どういうことじゃ（驚いて飛び下がる）。こ、これは間違いなく白狐《びゃっこ》の尾。とすれば、橘殿は狐であったのか……。

　絶句して立ち尽くす宗近。
　その時、ドロドロと共に花道スッポンから、石井《いわい》八郎《はちろう》がせり上がり、舞台上の宗近に大声で呼び掛ける。

八郎　これはまた、お見事なり宗近殿。名刀を鍛え上げしとの噂、冥土までよく聞こえたり（花道から舞台へと出る）。さあ、その太刀も、こちらにいただこう。瀧夜叉姫の命《めい》じゃ。どうしても、もう一振《ひとふ》り必要になったのでな。

宗近　なんと（憤怒の形相で八郎を睨む）。よくも、きさま。そんなことが云えたものじゃ。この太刀は渡せぬ。何があっても渡せぬぞ。

八郎　命惜しくば、素直によこせやい。

宗近　この命など惜しくはないが、これだけは渡せぬ。下がれ、下がれ。

　宗近、刀を抱いて退くが、八郎襲いかかる。
　それでも刀を手放さぬ宗近に、

八郎　ええい面倒だ。命ごと、貰って行こう。

腰の刀を抜いて斬りかかる。するとそれまで倒れ伏していた橘、最後の力を振り絞って二人の間に割って入り、宗近を庇って、

橘　あっ。

八郎に肩を割られ、倒れ伏す。

宗近　橘殿。橘殿。

八郎　ええい。うるさい奴らだ。ここはまとめて皆、冥土に落ちてしまえ。

刀を構えた時、花道より藤太、走り寄って来る。

藤太　待て待て、待て。これはいかなこと。

八郎　なんだお前は（藤太を見て）。邪魔する奴は人も狐も、みな地獄行きだ。

八郎と藤太、大立ち回り。

初めは八郎優勢だったが、宗近が藤太に「これを」と太刀を手渡す。まだ研《みが》いてもいない、鍛え終わったばかりの太刀だったが、一気に形勢は逆転し、八郎の刀は根元から折れる。

藤太　おお……。

八郎　おお……。

共に驚き、声を上げる。

ついに八郎は藤太に背中を打たれ、空《くう》をつかむように倒れかかるが、

八郎　覚えておれ。おのれら、このままではすまさぬぞ……。

と云い残し、足元覚束なく花道に出ると、スッポンよりせり下がる。

それを見て、

藤太　危ういところでした。

宗近　あの男こそ、先《せん》だって、刀を奪って行った将門の家臣が亡霊。

藤太　それはそれは（と云って橘を見る）。いや何と、これはどうしたことじゃ。

宗近　おお、藤太殿、そうだ。この橘殿には尾がついておる。もしや稲荷山の狐ではあ

るまいか。

尋ねる宗近から一瞬視線を逸らせるが、やがて意を決したように、

藤太　宗近殿（橘を優しく抱きかかえながら）。実はこの狐は、私の可愛い妹。

宗近　なんと、狐が妹。ということは、さてはそなたも狐じゃな。

藤太　いかにも。

宗近　うぬ。我を誑《たぶら》かしたか。

柄《つか》に手をかける宗近に向かって、

藤太　あいや、暫く、暫く（手を挙げて）。実はこの妹は、お紺《こん》と名乗り、ずっと宗近殿の母上にお仕え申しておりました。

宗近　何だと。その狐が、お紺じゃと。

藤太　はい（大きく頷く）。妹が云うには、私は幼い頃にこのお山で宗近さまに命を助けていただいた。だからいつか必ず恩をお返ししたい。そのために、いつも宗近さまの近くにいたいと。

宗近　と云うと……もしや、あの時の小狐。

藤太　凍えるこの冬山で、宗近さまの懐に抱かれた。

宗近　そうであったのか……。

藤太　そこで私が悪戯《いたずら》狐になり、妹が私を追い払うことで、宗近殿の母上と仲良くなったが、兄一匹妹一匹。人間に協力したところで良いことはないとも云ったのだが、恩を忘れては狐ではないと、私の話を聞かなかった。そこで稲荷明神に命懸けで祈り、人間の姿に変えてもらった。そうしているうちに、妹は本心から宗近殿に惚れてしまったのだ。

宗近　それは……。

絶句してよろける宗近の前で、藤太は続ける。

藤太　そこで起きたが、宗近殿の難儀。妹は、恩を返すのはこの時とばかり再び稲荷明神——龍頭太さまにお願いし、宗近殿が

刀を打ち終えるまでと鎚打ちの力をいただき、今日まで必死で向こう鎚を勤め上げた。しかし、もとよりか弱き女狐で、息も絶え絶え。どうにか刀を鍛え上げ終わると龍頭太さまとの約定も終わり、穴に帰る途中で倒れてしまった。そこで私が水と薬草を採りに行った隙に、あの男が現れた。

宗近　何ということだ。

宗近もお紺に駆け寄ると、血を吐くような声で、

宗近　お前はあの時の――。

お紺　あい（今にも消え入りそうな声で）。

宗近　大事ないぞ。しっかりしろよ。

お紺を愛おしそうに抱く。

お紺　嬉しい。また抱いてくださるのですね。

宗近　おお、何度でも抱いてやろう。寒くはないか。

お紺　とても暖《あたた》こうございまする。

霞む目で必死に宗近を見て、

お紺　でも……一度あなたさまに助けてもらった命。たとえ今ここでなくしても……何も惜しくはありませぬ。

弱々しく微笑むと歌を詠む。

お紺　稲荷山　峰の白雪踏み分けて
　　鎚打つ人の声ぞ恋しき

詠み終わると同時に息絶え、小さいドロドロとともに、お紺の姿は一匹の白狐に変わる。

宗近　これ。目を開けろ。頼む。

叫びながら白狐に戻ったお紺の体を強く抱きしめる宗近。

その姿を見て藤太は、涙をこらえながら歌を詠む。

藤太　白雪に　響く鎚音稲荷山

命を懸けし恋は立火花《たちばな》

宗近　すまぬ、すまぬ。ありがとうな、お紺。私もお前のことは決して忘れぬ。

白狐となったお紺を間に、宗近、藤太が慟哭していると、大きなドロドロが鳴り、花道スッポンより瀧夜叉姫と八郎が姿を現す。

雷鳴が轟き、その音に宗近、藤太が顔を上げると、

瀧夜叉　これはこれは宗近殿、重畳至極《ちょうじょうしごく》。新たなる太刀を造り上げられたと。

と云って八郎と二人、舞台へ。

舞台上では八郎が刀を構え、宗近は太刀を抱えたまま、じりじりと後ろへ下がる。

瀧夜叉　おう。研《みが》かれる前から、鋭い切れ味の匂いがする。それは、間違いなく名刀じゃ。かの草薙剣《くさなぎのつるぎ》と肩を並べるやも知れぬ名剣となろう。ならば、ぜひとも頂戴したい。

宗近　勝手なことを抜かすな。これはかりは、死んでも渡さぬ。お紺が、自らの命に代えて守った刀。誰がお前らなどの手に渡すものか。

瀧夜叉　ならば、力尽くで奪い取るのみ。

その言葉と同時に、八郎が宗近に襲いかかろうとする。

間に藤太が割って入り、八郎と藤太、またしても激しい争い。

やがて八郎が、傷ついている藤太を徐々に押し始める。

それを眺めていた瀧夜叉は不動明王剣印を結び、呪文を唱える。

藤太は、その呪力に絡め取られて徐々に動けなくなり、左腕を斬られ、舞台に転がる。

八郎が襲いかかろうとした時、どこ

からか「コン……」という狐の鳴き声が聞こえる。
最初は一声だったが少しずつ数が増え、舞台に響き渡る。

瀧夜叉　どうした（驚いて周囲を見回しながら）。これは。

八郎も、刀を持つ手を止めて辺りを窺う。同時に、十数匹の小さな白狐たち、上手より舞台に現れ、一斉に八郎に襲いかかる。

八郎　何だ、この狐らは。

白狐に翻弄され立ち竦む八郎。
その様子を見て。

宗近　今だ、藤太殿（太刀を投げる）。その太刀は、まだ斬れぬ。切っ先で、八郎の心の臓を貫き通すのだ。

藤太　畏《かしこ》まった。

藤太は、白狐たちの間から八郎目がけて太刀を突き出した。

八郎　あっ。

正面から心の臓を突かれた八郎は、叫び声を上げて倒れる。
そこにとどめを刺した藤太は太刀を手に、やはり白狐に囲まれて動けぬ瀧夜叉に向かった。

瀧夜叉　（それを見て）この忌々しい狐らめ。何としようか。

ボン、と音を立てて白煙が上がり、皆がひるむ中、花道へと逃げる。

瀧夜叉　口惜《くちお》しや。その太刀は、お前たちにくれてやろう。しかし我は諦めぬ。いずれ必ず、父・将門を此の世に呼び戻して見せようぞ。覚えておれ。

と言い残すと、ドロドロと共に花道スッポンよりせり下がる。
ほっと息をつく宗近と藤太。
白狐たちは二人の周りを一回りすると、全員、下手へと消えて行く。

宗近　これは一体（周囲を見回して）何が起こったのだ。

藤太　妹が……（太刀を大事そうに宗近に返しながら）。妹が。

宗近　お紺と。

藤太　宗近殿と兄の難儀を見て、未だこの辺りに留まりし妹の魂が、お山の白狐たちを呼び集め、我らを救ってくれたのです。白狐たちも小さき身ながら、妹の弔い合戦とばかり、命懸けで戦ってくれた。

宗近　何と……そういうわけだったか。

倒れているお紺――白狐に近づくと、跪《ひざまず》いて優しく撫でる。

宗近　こうして皆が駆けつけてくれるほど、お前はお山の皆から愛されていたのだな。それが、私のために……すまぬ……。おお、そうだ。二度も命を救ってもらった恩を忘れぬよう、この刀には「小狐丸」という銘を刻もうぞ。

藤太　小狐丸と。

宗近　必ず刻もうぞ。

藤太　申し訳なや。ありがたや。

空に一つ、大きな流れ星。

宗近と藤太が二人して涙を拭っていると、そこにおぼつかない足取りで、お亀がやって来る。

お亀　おお、ここにおったか倅《せがれ》。

宗近　これはこれは、母上。

あわてて顔を上げる宗近に向かい、お亀は困ったような顔で云う。

お亀　すぐにまた来ますからと云ったきり、今日もまだお紺さんの姿が見えないんだよ。まあ、あの子は今まで一度も約束を破ったことがないから、必ず無事だとは思うけどね。ほんに、あんな気立ての良い子は滅多にいないからねえ。

その言葉に宗近、藤太、顔を見合わせると肩を震わせ、咽《むせ》び泣く。

すると、遠くお紺の歌声が舞台に響き渡る。

お紺　〽お山巡りに入ったら、過ぎにけらしな大杉社、開眼成就の眼力社、お午のうちに御膳谷。足腰の病治すは薬力社、清い流れの清瀧社、願いは満つる御劔社、この世の春は春繁社……。

歌声が段々小さくなり、舞台に宗近、お亀、白狐を残して、

藤太、花道際へ。

——拍子幕

深い悲しみと共に、

藤太　天晴れ、妹。お前の思いは通じたぞ。

複雑な気持ちで狂乱《カケリ》になり、狐《きつね》六《ろっ》方《ぽう》を踏んで、花道向こうに入る。

大きな柝《き》の音と共に、

——幕引き

参考文献

◉江ノ島奇譚
◉芝居がはねて、江戸の宵闇

『古事記』……次田真幸全訳注／講談社
『日本書紀』……坂本太郎・家永三郎・井上光貞・大野晋校注／岩波書店
『続日本紀　全現代語訳』……宇治谷孟／講談社
『続日本後紀　全現代語訳』……森田悌／講談社
『古事記　祝詞』……倉野憲司・武田祐吉校注／岩波書店
『今昔物語集』……池上洵一編／岩波書店
『お伽草子』……福永武彦・円地文子・永井龍男・谷崎潤一郎訳／筑摩書房
『太平記』……長谷川端校注訳／小学館
『宇治拾遺物語』……小林智昭・小林保治・増古和子校注訳／小学館
『誹風柳多留』……宮田正信校注／新潮社
『神道辞典』……安津素彦・梅田義彦編集兼監修／神社新報社
『神社辞典』……白井永二・土岐昌訓編／東京堂出版
『日本史広辞典』……日本史広辞典編集委員会／山川出版社
『鬼の大事典　妖怪・王権・性の解読』……沢史生／彩流社
『鎌倉歴史散歩　北条氏九代の陰謀と盛衰』……沢史生／創元社
『日本民俗大辞典』……福田アジオ・神田より子・新谷尚紀・中込睦子・湯川洋司・渡邊欣雄編／吉川弘文館

『日本俗信辞典　動物編』……鈴木棠三／KADOKAWA
『隠語大辞典』……木村義之・小出美河子編／皓星社
『一日一禅』……秋月龍珉／講談社
『往生要集　全現代語訳』……源信／川崎庸之・秋山虔・土田直鎮訳／講談社
『私訳　歎異抄』……五木寛之／東京書籍
『親鸞』……亀井勝一郎／春秋社
『出家とその弟子』……倉田百三／新潮社
『弁才天信仰と俗信』……笹間良彦／雄山閣
『江戸の庶民信仰　年中参詣・行事暦・流行神』……山路興造／青幻舎
『鳥山石燕　画図百鬼夜行』……高田衛監修／稲田篤信・田中直日編／国書刊行会
『天台密教の本　王城の鬼門を護る星神の秘儀・秘伝』……学習研究社
『禅の本　無と空の境地に遊ぶ悟りの世界』……学習研究社
『まるごと建長寺物語』……高井正俊／四季社
『古寺巡礼　東国　建長寺』……澁澤龍彦・中川貫道／淡交社
『大日本地誌大系　新編相模国風土記稿』……国立国会図書館デジタルコレクション
『切絵図・現代図で歩く　江戸東京散歩』……人文社
『大江戸「古地図」大全』……菅野俊輔監修／宝島社
『図解　江戸の遊び事典』……河合敦監修／学習研究社
『図解　江戸の暮らし事典』……河合敦監修／学習研究社
「建長寺」……大本山建長寺
「浄閑寺について」……浄閑寺
観世流謡本「江野島」……廿四世　観世左近／檜書店
観世流謡本「竹生島」……丸岡明／能楽書林

◉稲荷山恋者火花

『図説　日本刀大全』……稲田和彦／学習研究社
『日本の古社　伏見稲荷大社』……三好和義・岡野弘彦ほか／淡交社
『深草　稲荷』……深草稲荷保勝会
『稲荷大社由緒記集成』……伏見稲荷大社編纂／伏見稲荷大社社務所
観世流謡本「小鍛冶」……丸岡明／能楽書林

◉作中の「稲荷山巡り歌」及び稲荷山の和歌は、作者の創作です。

◉60～61ページの図版は、「江嶋一望図（絵図屋善兵衛版）」（東京都中央図書館所蔵）を元に改変いたしました。

この作品は完全なるフィクションであり、
実在する個人名・団体名・地名等が登場することに関し、
それら個人等について論考する意図は全くないことを
ここにお断り申し上げます。

■本書は書き下ろしです。

著者紹介　**高田崇史**（たかだ・たかふみ）

昭和33年東京都生まれ。明治薬科大学卒。
『QED 百人一首の呪』（講談社文庫）で第9回メフィスト賞を受賞しデビュー。
以降、怨霊史観ともいえる作風で多くの作品を送り出している。
「QED」シリーズのほか、「カンナ」「神の時空」「古事記異聞」など
人気シリーズ多数。

江ノ島奇譚《えのしまきたん》

2023年5月22日　第1刷発行

著者　高田崇史《たかだたかふみ》
発行者　鈴木章一
発行所　株式会社　講談社
〒112-8001　東京都文京区音羽2-12-21
電話　（出版）03-5395-3506
　　　（販売）03-5395-5817
　　　（業務）03-5395-3615
印刷所　株式会社KPSプロダクツ
カバー印刷所　千代田オフセット株式会社
製本所　株式会社国宝社

ISBN 978-4-06-531205-6
N.D.C.913 223p 19cm

KODANSHA

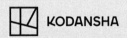